光文社文庫

文庫書下ろし／長編時代小説

師匠

鬼役伝(二)

坂岡　真

光　文　社

この作品は光文社文庫のために書下ろされました。

『師匠　鬼役伝（二）』目次

尾張徳川家
上屋敷
市谷
早稲田村
江戸川
江戸川橋
音羽
護国寺
大塚
至板橋宿
巣鴨
赤城明神
御納戸町
若宮八幡宮
神楽坂
石切橋
切支丹坂
小日向馬場
御薬園
中山道
日光御成街道
牛込御留守居町
牛込御門
番町
伝通院
小石川
白山
田安御門
清水御門
小石川御門
水戸徳川家
上屋敷
春日町
駒込
六義園
水道橋
神田川
千駄木
本郷
加賀前田家
上屋敷
道灌山
駿河台
霊雲寺
柳沢家中屋敷
下谷茅町
根津権現
日暮里
神田明神
喜連川藩上屋敷
鍛冶町
湯島天神
不忍池
秋元家下屋敷
昌平橋
昌平坂
忍ヶ岡
筋違御門
明神下
池之端仲町
弁天
仁王門前町
根岸
谷中
内神田
外神田
下谷広小路
東叡山
寛永寺
和泉橋
佐久間河岸
神田佐久間町
神田相生町
下谷練塀小路
御徒町
下谷金杉町
通油町
豊島町
新シ橋
向柳原
下谷山崎町
通塩町
柳原土手
左衛門河岸
三味線堀
広徳寺
下谷竜泉寺町
浄閑寺
汐見橋
横山同朋町
両国広小路
幡随院
薬研堀
米沢町
浅草橋
茅町
猿屋町
甚内橋
元鳥越町
阿部川町
新吉原
両国橋
柳橋
御蔵前片町代地
新堀川
水戸家石揚場
横網町
大川
森田町
東本願寺
日本堤
小塚原
一ツ目之橋
回向院
首尾の松
御米蔵
御蔵前通り
御蔵前
浅草寺
日光道中
惣録屋敷
御竹蔵
浅草広小路
奥山
浅草
山谷町
弁天社
御厩河岸之渡し
駒形町
雷門
浅草観音
新鳥越橋
二ツ目之橋
駒形堂
浅草
石原町
花川戸町
山谷堀
揚場
緑町
本所
南割下水
竹町之渡し
吾妻橋
今戸橋
今戸町
白鬚之渡し
竪川
源森橋
源森川
三囲稲荷
向島墨堤
木母寺
三ツ目之橋
北割下水
小梅村
長命寺
北辻橋
大横川
法恩寺橋
寺島村
新辻橋
業平橋
亀戸村
小梅村
四ツ目之橋
押上村
天神橋
十間川
柳島村
亀戸天神

天現寺
渋谷川
麻布新町
善福寺
四ノ橋
古川町
仙台坂
新網町
飯倉片町
三ノ橋
二ノ橋
一ノ橋
中之橋
赤羽橋
芝車町
三田町
至品川宿
増上寺
金杉橋
浜松町
神明町
宇田川町
芝
金杉川
六本木
氷川明神
市兵衛町
赤坂
紀伊徳川家屋敷
元赤坂町
竹腰山城守屋敷
平河町
喰違見附
四谷御門
赤坂御門
紀伊徳川家上屋敷
市谷御門
麹町
溜池
葵坂
千鳥ヶ淵
半蔵御門
西御丸
虎之御門
新シ橋
外桜田御門
雉子橋御門
内桜田御門
千代田城
一橋御門
南町奉行所
和田倉御門
幸橋
土橋
北町奉行所
神田橋御門
数寄屋橋御門
大名小路
汐留橋
常盤橋御門
三十間堀
秋元家上屋敷
銀座町
竜閑橋
濱御殿
数寄屋町
一石橋
本町
木挽町
京橋
本両替町
今川橋
西本願寺
本材木町
白魚橋
日本橋
大伝馬町
魚河岸
楓川
牢屋敷
小伝馬町
八丁堀
弾正橋
海賊橋
江戸橋
荒布橋
堀江町
組屋敷
八丁堀
南茅場町
日本橋川
小網町
銀座
元大坂町
中之橋
亀島川
霊岸橋
稲荷橋
一ノ橋
箱崎橋
松島町
鉄炮洲
高橋
新川
浜町
行徳河岸
浜町堀
高砂橋
久松町
二ノ橋
佃島
霊岸島
豊海橋
箱崎町
箱崎川
石川島
永代橋
永久橋
万年橋
今川町
上之橋
新大橋
御船蔵
佐賀町
江戸湊
大島町
黒江町
緑橋
万年町
海辺大工町
西光寺
油堀
材木町
六間堀
永代寺
富岡橋
弥勒寺橋
弥勒寺
越中島
蓬莱橋
富岡八幡宮
仙台堀
海辺橋
高橋
深川元町
霊巌寺
亀久橋
小名木川
深川
汐見橋
洲崎
入船町
新高橋
西
東
扇橋
猿江橋
南辻橋
0
1km
猿江町
御材木蔵
大島橋
●金座

幕府の職制組織

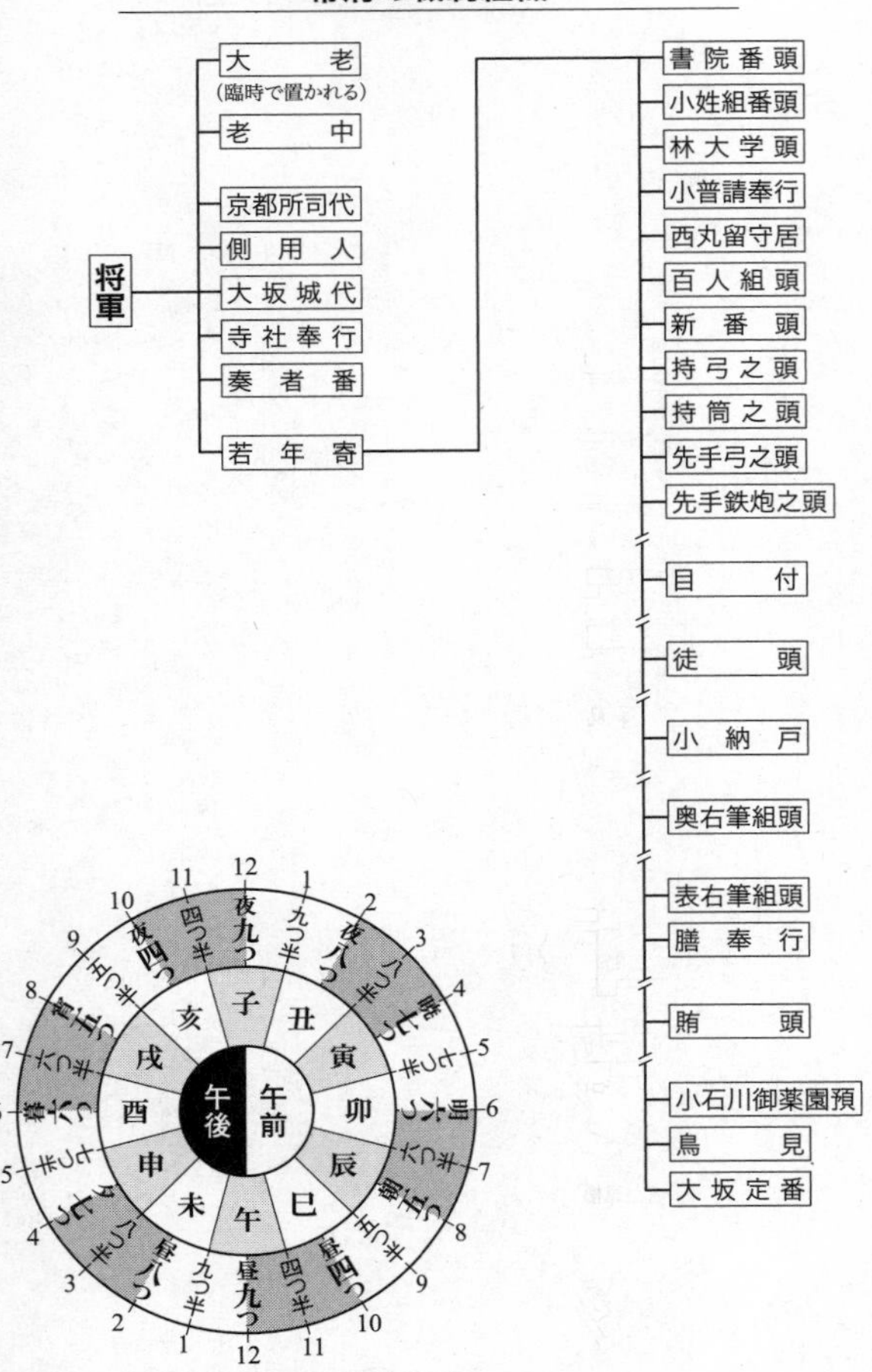

江戸の時刻（外の数字は現在の時刻）

千代田城図

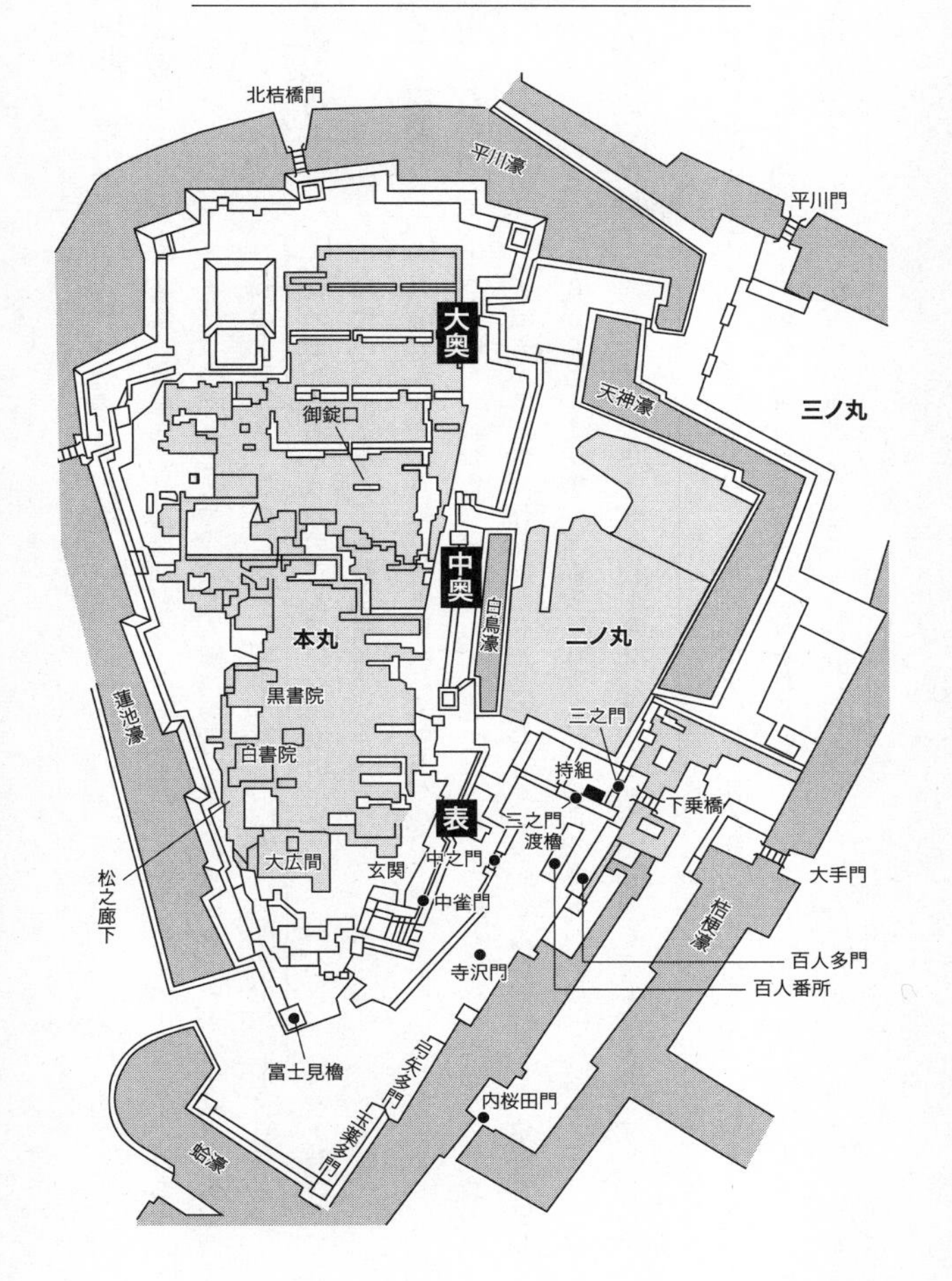

北桔橋門
平川濠
平川門
大奥
御錠口
天神濠
三ノ丸
中奥
白鳥濠
本丸
二ノ丸
蓮池濠
黒書院
白書院
三之門
持組
下乗橋
表
三之門
渡櫓
中之門
大広間
玄関
大手門
松之廊下
中雀門
桔梗濠
百人多門
寺沢門
百人番所
富士見櫓
弓矢多門
内桜田門
蛤濠

『師匠　鬼役伝㈡』おもな登場人物

伊吹求馬……膳奉行支配同心。前職は百人番所の番士だったが、番士の中での番士たちの頂点に立ったところで、御家人随一の遣い手というふれこみが老中秋元但馬守喬知の耳に届き、試練と御験し御用を経て、膳奉行支配同心に抜擢された。

矢背志乃……京の洛北にある八瀬の首長に連なる家の出身で、江戸へきて矢背家を起こして初代の当主となる。薙刀の達人。

月草（猿婆）……八瀬家に仕える女衆。体術に優れている。

土田伝右衛門……公人朝夕人。将軍の尿筒持ち。一方では、将軍を守る最後の砦となる武芸の達人でもある。室井作兵衛から密命を受けて、伊吹求馬に接触する。室町幕府時代から続く土田家の末裔で、代々、伝右衛門を名乗る。

秋元但馬守喬知……老中。密命を下し、奸臣を始末する裏御用の担い手を探しており、求馬に白羽の矢を立てる。

室井作兵衛……秋元家留守居。秋元但馬守の命を受け、伝右衛門や志乃や求馬に密命を下す。

南雲五郎左衛門……膳奉行。唯一無二の鬼役と称される。

徳川綱吉……第五代将軍。「犬公方」と呼ばれている。

鬼役伝㈡

師匠

紫陽花の散る

一

南雲五郎左衛門は床の間を背にして端然と座り、おもむろに杉箸を手に取った。

そして、箸先で一方の笊から小豆をひとつ摘まみ、隣に置かれた別の笊へ移す。

小豆が滑りやすいことは赤子でもわかるし、小豆の山を減らすことに何の意味があるのかと、誰もが問いたくなるであろう。

意味などないと無言で応じる南雲には、一片の迷いもない。

小豆を箸で摘まむすがたは美しく、神々しいとさえおもった。

しかも、両目を瞑っている。盲目なのだ。

齢は五十前後であろうか。

公方綱吉の尿筒持ちから聞いたはなしでは、天下一の鬼役と称されたほどの人物だという。

――鬼役。

それは第五代将軍綱吉の毒味役のことだ。

毒味役は毒を喰うこともあれば、魚の小骨を取り損ねて公方の側近に見咎められ、腹を切らねばならぬ恐れもある。常のように死と隣り合わせゆえ、周囲から「鬼」と呼ばれるようになったらしい。

対座する伊吹求馬は息を詰め、新たな指南役となった南雲の所作に見惚れていた。

どのような理由で盲目になったのかは、誰も教えてくれない。尋ねる勇気もなかった。

求馬は咳払いをし、床の間に目線を外す。

壁の軸には「万法帰一刀」と墨書きされてあった。

枯れ枝のごとき筆跡だが、一見しただけで胸に楔を打ちこまれたような気分になる。

「筆勢ゆえじゃ」

みえぬはずなのに、南雲はつぶやいた。

「辻月丹どのの筆跡にほかならぬ」

「まことでござりますか」

「まことじゃ。この御下屋敷にもよく訪ねてこられる」

　驚いた。

　真の理は唯一刀に帰するという教えは、剣客として名高い辻月丹が唱える無外流の奥義であり、剣術を修行した者ならば誰もが知っている。

「敵に向かって数歩進み、腰の高さで本身を横に払う。刃音に怯えて逃げる敵を追いかけず、愚者のごとく見送るのみ。力無き敵は逃すにかぎると、辻どのは仰せになった。万法帰一刀とはまさに仁の剣、兵法者がたどりつく至極の心持ちかもしれぬ」

　箸を使う手が止まらぬせいか、語っているようにはみえない。ただ、重厚な声だけが求馬の耳に響いてくる。

「辻どのは麻布桜田町の普光山吸江寺に参禅し、ようやく十九年目にして石潭禅師の一偈を得た。一法実に外無く……すなわち、この世には真理以外になにものもない。剣の道も禅と等しく、無の一字に帰する。さように大悟し、麹町に道場を開いて一流派を築かれたのじゃ」

今から五ヶ月前の師走、赤穂浪士四十七人が吉良邸に討ち入りを果たした。侍たちの目に「壮挙」と映った出来事である。華美軟弱に流れる元禄の気風に一石が投じられて以降、あきらかに侍たちの目の色は変わった。みずからの確乎たる寄る辺を求めて、多くの若者が厳しい稽古と精神修行を課す辻道場の門を敲いたとも聞く。

「身は深く与え、太刀は浅く残して、心はいつも懸かりにてあり」

「それは」

「さよう、おぬしが修めた鹿島新當流の剣理じゃ。聞けば、おぬしは慈雲なる禅僧のもとで、あらゆる流派の返し技を学んだという。辻どのやわしの半分も生きておらぬが、禅寺で一偈を得たのならば、剣の修行に終わりのないことくらいはわかっておろう。毒味修行とて同じ。困難な所作を容易くこなすことができるまでには、それなりの年月を要する。飽いてしまえばそこで終わり、敗者として余生を生きながらえるしかない。おぬし、敗者になりたいのか」

「いいえ、なりたくありませぬ」

「されば、地道に鍛錬せよ。物事は一朝一夕に成らず。たゆまぬ日々の鍛錬こそが肝要じゃ」

「はっ」

　つい先月までは持筒組に属し、千代田城本丸の中之御門を守る番士だった。剣で身を立てようと一念発起し、持筒組や先手組の猛者たちと竹刀を交え、まがりなりにも番士たちの頂点に立った。御家人随一の遣い手という触れこみが老中秋元但馬守喬知の耳に届き、いくつかの試練や御験し御用を経て、膳奉行支配同心の御役を仰せつかることになった。

　同じ御家人でも一代かぎりの抱入から、御役を子に継承してもよい二半場となったものの、三十俵の禄米は変わらない。薄給であることはさておき、一時は旗本となって御城へ出仕する夢を描いたにもかかわらず、大手御門に近づく機会も与えられていなかった。

　今はただ、下谷練塀小路の組屋敷と不忍池の北端にある秋元家の下屋敷とを往復するのみ。終日箸で小豆を摘まむ単調な繰りかえしのなか、行く手に光明の欠片すらも見出せずにいる。

　こんな暮らしからは一刻も早く逃げだしたいというのが正直な気持ちだが、生来の負けん気と鈍重なほどの粘り強さでどうにか耐えていた。

「雨だな」

南雲は箸を持つ手を止め、中庭のほうへ顔を向ける。

襖は開けはなたれており、廊下の端は五月雨に濡れていた。

不忍池の水を上手に取りこんだ瓢箪池には、朱色の太鼓橋が架かっている。太鼓橋を渡ったさきには、弁財天を祀った小さな祠があった。不忍池を模した庭は、秋元但馬守がみずから指図を描いて作庭させたのだという。

もっとも、求馬に庭の良し悪しはわからない。大名屋敷の庭を鑑賞する機会など、あろうはずもないからだ。

「池畔の紫陽花は色づいておろうか」

「はい、薄紫に」

「晒し場に並ぶ人の首にみえぬか」

「えっ」

南雲の問いに、求馬は絶句する。まさに、そうみえたのだ。

「ものを腐らせる雨じゃな」

南雲はつぶやき、すっと煙のように立ちあがる。

部屋から出ていったあとには、一膳の杉箸と小豆の盛られた笊だけが残された。

求馬はふたつの笊を引きよせ、静かに杉箸を手に取る。

箸先で器用に小豆を摘まみ、笊から笊へ移しはじめた。

――おのれの信じた道を歩みなされ。

脳裏に甦ってくるのは、先月の終わりに亡くなった母のことばだ。

組紐の内職をやりながら、暮らしを助けてくれた。春先に作ってもらった蕗味噌の味が忘れられない。京風の白味噌を使った味噌汁の味をおもいだすと、涙が溢れてくる。

けっして楽な暮らしではなかったが、辛いとおもったことは一度もない。胸の病で逝った母の死は唐突すぎて、なかなか受けいれられずにいる。それでも、どうにか母の期待にこたえようと、求馬は歯を食いしばった。

最後の一粒を笊に移し終え、畳に両手をつく。

「かたじけのうござりました」

主人の居ない上座に挨拶し、部屋から出て襖を閉める。

長い廊下を渡り、人気の無い裏口から外へ出た。

あいかわらず、細かい雨は降りつづいている。

灰色の空を見上げても、何刻かはわからない。

おおかた、八つ半（午後三時）を少し過ぎた頃であろう。

「くそっ」

求馬は悪態を吐いた。

天涯孤独となった今、おぬしはいったい何者になりたいのかと、みずからに問うてみる。

将来への不安と何者にもなっていないことへの焦りが迫りあがってきた。

腰にある刀は父の形見、法成寺国光である。

抜けば、焼き幅の広い平地に茶花丁子乱の刃文が浮かびあがる。茎を切断して一尺五寸に擦りあげた本身は豪壮華麗な相州伝の特徴を備えており、贋作でなければまちがいなく好事家垂涎の一振りにちがいない。

今から五年前、持筒組の小頭だった父は腹を切った。盗賊改の手伝いに駆りだされた折り、誤って野良犬を傷つけた組下の者が遠島になり、小頭として責を負ったのだ。

野良犬ごときのことで、何故、城門を守る誇り高き番士が腹を切らねばならぬのか。

求馬は口惜しさを募らせた。のちに、野良犬を傷つけた事実はなかったものと証明され、組下の者は無罪赦免となった。伊吹家も改易を免れたが、求馬の気持ちはおさまらなかった。

消えぬ恨みは「犬公方」と世間から揶揄される綱吉に向けられていった。幕府や藩に仕える下級侍たちは生類憐みの令という理不尽な幕命に不満を抱き、多くの者が内心では二十有余年もつづく綱吉の世が終わることを望んでいる。

もちろん、鬼役として公方に仕えるためには私情を殺さねばならない。

秋元家留守居の室井作兵衛から、御役に必要な資質を説かれたことがあった。剣術の技量、度胸と勇敢さ、冷徹さと不動心、そして何よりも、正義に殉じる覚悟と密命を下される御方への忠心。それらを持ち得る資質があるかどうか、目を掛けられた者たちは常のように験され、ふるいに掛けられるのだという。

毒味役はまがりなりにも、役料二百俵取りの旗本である。死と隣り合わせの危うさは否めぬものの、御家人風情にとってみれば夢のような御役にほかならない。おそらく、鬼役に就く候補として選ばれたのは、おのれひとりではあるまい。同様の試練を課された者たちが、ほかにもいるのだろう。

求馬は今でも、綱吉のために命を懸けたいとはおもわない。鬼役に必要とされる忠心を欠いていた。ただし、ふるいに掛けられても落とされたくなかった。何としてでも、熾烈な競争を勝ちぬきたいという一念で、毎日、小豆を摘まんでいるのである。

「ぬう」

国光を抜きたい衝動に駆られつつも、すんでのところで自重した。

市中で刀を抜けば、重い罪に問われる。理由もなく抜刀すれば狂気に走ったとみなされようし、野良犬を斬ろうとしたとでも告げ口されれば、確実に斬首は免れまい。

そぼ降る雨に打たれながら、求馬は池畔の道をたどりはじめた。

——ばっ。

大きな羽音に振り向けば、本物の不忍池に浮かぶ弁天島の杜から鴉の群れが一斉に飛びたっていく。

「不吉な」

池畔の一角に目をやれば、薄紫に色づいた紫陽花がいくつも首を並べていた。

二

半月ほど前、求馬は室井作兵衛の命を受け、秋元但馬守の寝所に敷かれた褥のなかに隠れた。但馬守の命を狙う甲賀のはぐれ忍びを待ちぶせ、愛刀の国光で見事に成敗してみせたのだ。

「あれは……」

悪夢だったのかもしれぬ。

密命を拒むことができず、国光に血を吸わせてしまった。

のちに、尿筒持ちの土田伝右衛門から「御験し御用にすぎぬ」と小莫迦にされたが、人斬りの業を背負ったことで、心は梅雨空のように晴れなくなった。どんよりとした気分は顔にも出るらしく、下谷練塀小路に引っ越してきた当初は隣人たちから胡乱な目でみられた。

そうしたなか、唯一親しげに声を掛けてくれたのが、常田松之進という太鼓役の同心だった。

――どん、どん、どん。

目を瞑れば、懐かしい太鼓の音が聞こえてくる。

常田は千代田城西ノ丸の太鼓櫓に詰め、諸侯諸役人に登城を促すための太鼓を打ちつづけてきた。小太りで両腕は丸太のように太く、いつも東の空が明け初めぬ頃に家を出て、午過ぎには帰宅する。常田がいなければ、求馬も登城の太鼓に胸を躍らせることはなかったであろう。

「中之御門の番士なら、毎朝、わしの打った太鼓を耳にしておったはずだな」

もちろん、どれだけ励まされたかわからぬと応じると、常田は手も握らんばかりに喜んだ。

夫より喜んだのは、福という商家出の妻だった。常田に言わせれば「顔は河豚、毒も吐く」とのことらしい。なるほど、口こそ悪いものの、裏表のないさっぱりした気性の持ち主で、誰かの世話を焼くのが三度の飯よりも好きらしく、独り身の求馬を案じて毎食のようにおかずをお裾分けしてくれた。

一人息子は元服を済ませたばかりの松太郎、母親といっしょに訪ねてきて、青々とした月代を手で隠しながら、興味深げに部屋のなかを覗いていた。目を留めた木刀をくれてやると、さっそく翌日から「えい、えい」と、近所じゅうに元気な掛け声を響かせた。

剣術の手ほどきをしたところ、つぎの日から同じ年格好の子どもたちが空き地に集まってきた。子どもたちに稽古をつけたのがきっかけで、住人たちのみる目も変わり、気軽に朝夕の挨拶をされるようになった。

福はときおり、高価な魚も持ってきてくれる。

「ほら、はらんぼう」

今宵の平皿には鰹の塩焼きが載っており、ただ眺めているだけでも涎が出てきた。

が、すぐには箸をつけられない。

「骨を上手に取らねば、御毒味役はつとまらぬとか。一人前の骨取り侍になるには、日頃の鍛錬が肝心です」

小骨もすべて除いてからでないと、魚にはありつけない。おかげで、ずいぶん骨取りが上手になった。この調子ならば、南雲も褒めてくれるにちがいない。

ともあれ、常田の家族には感謝してもしきれなかった。

鰹を骨だけにし、茄子の糠漬けでお代わりのご飯を平らげる。

仙台の甘味噌を使った味噌汁には、大きな業平蜆がはいっていた。

求馬はすっかり満足し、夜風にでも当たろうと外へ出た。

片開きの小門を抜けると、辻向こうへ遠ざかる女の後ろ姿がみえる。

夜鷹のように手拭いをかぶり、柳腰でくねくねと歩いていた。

「梅雨稼ぎか」

近頃は困窮した浪人ばかりか、城勤めの御家人でも妻女に春を売らせており、それを「梅雨稼ぎ」と称するのだと、常田に教えてもらった。

そのたぐいかもしれない。

誘われるように従いていくと、存じよりの相手だとわかった。

三軒隣に住む小柳誠之助という支配勘定の妻なのだ。

名はたしか、初枝といったか。

所帯を持って三月ほどの若夫婦で、隣近所とのつきあいは薄い。しかも、初枝は町人出のおなごらしく、男好きな容姿をしていることも手伝ってか、武家の妻女たちに疎まれていた。一方、亭主どもは陰で鼻の下を伸ばしているものの、ちょっかいを出そうとする物好きはまだいない。

算盤を弾く支配勘定は忙しい役目ゆえ、小柳は勘定所で夜を明かすことも多いようだった。ひょっとしたら、妻は夫の留守をみはからい、みずからすすんで夜の稼ぎに勤しんでいるのかもしれない。

初枝らしき女は、いつのまにか提灯を手にしていた。

梅雨闇の空に浮かぶ星明かりは心許なく、たしかに、提灯で足許を照らさねば歩けぬほどの暗さだ。

神田川に架かる和泉橋を渡り、小伝馬町の牢屋敷脇も通りぬけた。

気づいてみれば、日本橋堀江町の堀留までやってきている。

やはり、夜鷹に化け、酔客でも釣る気なのだろうか。

初枝は足早に進み、魚河岸から塩河岸のほうへ向かっていく。

「おや」

河岸には小舟が繋がれており、待っているふうの侍が佇んでいた。

夜目に遠目だが、若くはなさそうだ。

ふたりは連れだって小舟に乗りこみ、日本橋川へゆるゆると漕ぎだしていった。

求馬は裾を捲り、河岸のそばまで駆けていく。

小舟を操るのは、行きずりの相手ではあるまい。

「逢瀬というやつか」

新妻でもあることだし、夫の小柳が可哀相になってくる。

やはり、武家の妻女がひとりで夜歩きするのは、どう考えても尋常ではなかろう。

「何か事情でもあるのか」

もちろん、余計な詮索をすべきでないことはわかっている。

福には「どうして仕舞いまで見届けなかったのか」と叱られそうだが、求馬は
闇に揺れる小舟の艫灯りに背を向けた。

家に戻ってみると、暗がりに何者かが蹲っている。

「ずいぶん遅いお帰りだな」

声を聞いただけで、相手の正体がわかった。

「伝右衛門どのか」

公人朝夕人と呼ばれる公方綱吉の尿筒持ちにほかならない。

ぽっと、行燈が灯った。

灯りに照らされたのは、目の細い平目顔だ。

「改易となった浅野家のあとに、播州赤穂藩へ移封された大名は」

伝右衛門の唐突な問いに、戸惑いながらも応じた。

「寺社奉行の永井伊賀守さまだが、それがどうした」

「赤穂藩の石高は、五万石から三万三千石に減らされた。高価な赤穂塩の扱いに

ついても永井家の専売とはならず、幕府とのあいだで綱引きがおこなわれているようでな。混乱に乗じて一攫千金を狙おうとする不届きな輩がおるらしい」

「一攫千金だと」

「囲い込みと売り惜しみで塩相場を吊りあげ、天井すれすれの高値で売り抜ける。阿漕なやり口で潤っている連中のことさ」

伝右衛門は室井に命じられ、九十九屋庄吉なる下り塩問屋を調べていた。九十九屋は広島藩四十二万六千石を治める浅野家の御用達、分家だった赤穂藩浅野家からも赤穂塩の一部取引を任されていたという。

「三月ほど前、勘定所の役人から密訴があった」

偶さか訴えを小耳に挟んだ老中の秋元但馬守が興味をしめし、室井経由で探索の密命を下したのだという。

「調べてみると、九十九屋はたしかに怪しい。されど、容易に尻尾を出さぬ。管轄する勘定所の動きに精通しておるようでな」

勘定所側に間者がいるかもしれぬと疑い、伝右衛門は方々を嗅ぎまわった。そして、怪しい者をみつけた。

「おぬしがあとを尾けたおなごさ」

「小柳どののご妻女か」

「親しいのか」

「んなわけがなかろう」

「なら、どうして尾けた」

「別に」

「ふふ、女狐と懇ろになろうとでもおもうたか」

「女狐だと」

「そうだ。あれは間者だぞ。小柳誠之助は納屋物を扱う支配勘定でな、塩については誰よりも詳しい。三月前に訴えを起こしたのは、小柳なのさ」

「えっ」

「小柳が所帯を持ったのも、ちょうど三月前だ。新妻になったおなごを疑わぬほうがおかしかろう」

求馬はいぶかしんだ。もしや、自分がこの組屋敷に住処を与えられたことも関わってくるのであろうか。

「やっとわかったか、鈍いやつだな」

最初から仕組まれていたのだと知り、求馬は苦い顔をする。

それでも、密命ならば拒む余地はない。

「初枝なるおなご、下り塩問屋と繋がっているのか」

「たぶんな。いずれにせよ、悪事の鍵を握っているのはまちがいなかろう」

「いったい、誰の間者なのだ」

求馬は問いを発しつつ、河岸で待ちかまえていた侍を思い浮かべていた。

面つきは判然とせぬが、痩せてひょろ長い猫背の人物だった。初枝はあの侍から命を受け、夫の小柳を探っているのだろうか。

伝右衛門は嘲笑う。

「誰の間者か。それを調べるのが、わしらの御役目であろうが」

「わしら」

「どうした、仲間にはいりたくないのか。この件について、おぬしを室井さまに推挽したのは、志乃さまなのだぞ」

「まことか」

「ふん、阿呆面を晒すな。言うておくが、志乃さまに気に入られたとおもうなよ。この程度の探索なら、おぬしで十分だろうと仰せになったのだ」

「志乃さまが、さように」

少し腹も立ったが、志乃の顔を思い出すと抗う気力が萎えてしまう。

生まれてはじめて、何をやってもかなわぬと感じた相手だからであろう。

伝右衛門にも詳しい経緯はわからぬようだが、志乃は京の洛北に住む八瀬衆を束ねる首長の娘で、秋元但馬守の求めに応じて江戸へ下ってきたのだという。

「女だてらに武芸に長じ、弓を引かせれば百発百中、薙刀を持たせれば悪党の首をちょんちょん刎ねてみせる。どだい、おぬしなんぞとは格がちがうのだ。推挙していただいただけでも、ありがたいとおもえ」

伝右衛門は憎たらしい口調で言い、さらにたたみかける。

「伊吹求馬には人が斬れぬと、志乃さまは嘆いておられたぞ。非情に徹して敵を斬ることができねば、仲間のほうが窮地に立たされる。このままでは番士に逆戻りだぞと、さように仰った。親心で言ってくださったのだ」

たしかに、気に掛けてもらっただけでも感謝すべきかもしれない。

「志乃さまは御老中のお気に入りゆえ、室井さまも別格の扱いをなされる。志乃さまのご意見は無視できぬというわけでな。明日にでも、御納戸町のほうへ礼をしに伺ったほうがよいかもしれぬぞ」

伝右衛門に囁かれ、求馬は素直にそうしようとおもった。

三

初めて出会ったとき、志乃は男髷を結い、手には薙刀を提げていた。凛々しい細眉に黒目がちの大きな眸子、自信に溢れた表情を思い浮かべると、胸のあたりが苦しくなってくる。

どうしてそうなってしまうのか、求馬にはよくわからない。矢を放たれたり、薙刀で襲われたこともあったし、命を助けられたこともあった。

人として失ってはならぬものはなにかと問われ、明確にこたえられずにいると、それは信義だと、志乃はまっすぐな目で教えてくれた。欲をかけば、誰であろうと進むべき道を見失ってしまう。信義を貫きとおすために命を張っているとわかった途端、求馬にとって志乃はまちがいなく敬うべき相手になった。

志乃に幼いころから仕える「猿婆」こと月草は教えてくれた。矢背家は比叡山の麓に居を構える八瀬荘の長であり、志乃は首長の家を継ぐべき人物なのだと。八瀬童子は閻魔大王の輿を担いだ鬼の子孫であり、都を逐われて大江山に移り住んだ酒呑童子を祀っているのだと、猿婆は胸を張ってみせた。

八瀬の民は都人の弾圧から免れて洛北に移り、比叡山に隷属する寄人となり、禁裏に属する駕輿丁にも抜擢されたが、やがて、秘された裏の顔を持つようになった。戦国の御代に禁裏の間諜となって暗躍し、名だたる大名たちから「天皇家の影法師」と畏怖されたともいう。


「近衛公に庇護された由緒正しき出自なのじゃ」


猿婆のはなしを聞き、母の遺言となった伊吹家の秘密と重ねざるを得なかった。

じつは、伊吹家も禁裏や近衛家との関わりが深い。生まれながらの幕臣と信じて疑わなかった父は若い頃、京の御所を警邏する内舎人なる役目に就いていた。

一方、母は五摂家筆頭の近衛家に仕える賄い方の女官だったというのである。

ふたりは縁あって夫婦となったが、近衛家の後ろ盾でもあった後水尾法皇が崩御すると、親政をはじめた霊元天皇から当主の基熙が冷遇され、近衛家に関わりのある者たちは御所から遠ざけられてしまった。父も内舎人の役を解かれ、日々の暮らしにも困っていたやさき、当時の京都所司代だった稲葉丹後守正通から、出自を隠したうえで幕臣にならぬかと誘われた。

稲葉丹後守は御所内で徳川家に恨みを持つ刺客から襲われ、偶さか警邏していた父に救われた。そのときの恩に報いたいとのありがたい申し出を断る理由はなく、父と母は恥を忍んで丹後守の好意に甘えるしかなかったのだという。

今から二十年もまえのはなしである。母が沈黙を守っていた理由は、御所の役人であったことを忘れるため、徳川家のために尽くすと誓った父の気持ちを無駄にしたくなかったからだ。

突然の告白を受け、求馬の頭は混乱した。

自分の根っ子が何処(どこ)にあるのかは、侍にとってきわめて重要なことだ。京の都については何ひとつおぼえておらぬし、御所や近衛家がどうのと言われても、遠い他国のはなしにしか聞こえなかった。

「徳川家への忠義よりも大切なことがある。それは救っていただいた恩人への感謝を忘れぬことじゃ」

母の遺(のこ)したことばが、今も耳から離れない。

志乃との出会いも因縁めいているとしかおもえぬが、おそらく、志乃自身はまだ伊吹家の秘密を知らぬはずだ。

もっとも、語って聞かせたところで、心を動かすこともなかろう。

求馬は饅頭(まんじゅう)の折を小脇に抱え、市ケ谷(いちがや)まで出向いてきた。

空はどんより曇り、眼前には急坂が長々とつづいている。
めざす矢背家は、坂を上ったさきの御納戸町にあった。
「浄瑠璃坂か」
上り坂が目の前にあると、駆けださずにはいられなくなる。
負けん気の強い性分なのか、物心ついたときからそうだった。
「はっ」
求馬は身を屈め、おもいきり土を蹴りつける。
頂上まで一気に駆けあがると、さすがに息が切れて動けなくなった。
しばらく休んでから襟を正し、何度か来たことのある武家地へ踏みこむ。
ふと、志乃はどうして室井に推挙してくれたのだろうかと考えた。
ひょっとしたら、伊吹家の秘密を知ったのかもしれない。
同郷の誼で気を遣わせたのなら、少しがっかりもする。
あれこれ思いめぐらせつつ、矢背家のそばまでやってきた。
冠木門に近づくと、裏庭のほうから「やっ、たっ」と、鋭い掛け声が聞こえてくる。
脇道を抜けて裏手へまわりこみ、垣根越しに覗いてみた。

男装の志乃が右手に立ち、木刀を大上段に振りかぶっている。

対峙する相手がいた。

木刀を青眼に構えた人物は、鼻筋の通った若い侍だ。

つんと、誰かに背中を突かれた。

「うっ」

驚いて振りかえれば、皺顔の老婆が立っている。

猿婆だ。

「覗き見か。教えてやろう、あちらの御仁は風見新十郎どのじゃ」

「風見新十郎」

「おぬしと同じ軽輩じゃが、御伝奏屋敷に詰めておられてな、禁裏から御使者がおみえになったときは警固もなさる。剣術の力量から申せば、矢背家の婿どのにいちばん近い御仁かもしれぬ。ふふ、さようなことを口走ったら、お嬢さまに大目玉を食わされようがな」

聞き捨てならぬことを言うので、求馬は目を剝いた。

「ほうら、そうやって、心持ちがすぐさま顔に出る。それがおぬしの欠点じゃ。風見どのに勝ちたければ、物に動じぬ心を鍛えねばならぬ」

猿婆が顎をしゃくったそばから、凄まじい掛け声が響いてきた。

「きぇぇぇ」

志乃である。

梨割りの一刀を、風見が頭上で弾いた。

——かつん。

返しの一撃は袈裟懸け、志乃はひょいと鼻先で躱す。

躱しながら反転し、逆袈裟から水平打ちへ、見事な水返しを繰りだしたが、風見も負けてはいない。

水平打ちを不動の構えで受け、ぐっと二の腕に力を込める。

志乃は離れず、交差する竹刀と竹刀が吸盤のごとく吸いついた。

——ぎり、ぎりぎり。

押し合いとなり、ふたりは至近で睨みあう。

求馬は釘付けにされていた。

流れる汗の臭いまで、漂ってきそうなほどだった。

胸の裡では、離れろ、離れろと、必死に叫んでいる。

「ぬわっ」

志乃がふいに身を離し、風見はたたらを踏んだ。

「やっ」

短い気合いとともに、とどめの袈裟懸けが肩口を捉える。

――ばしっ。

小気味よい音が響き、風見は片膝をついた。

やったと、求馬は胸に快哉を叫んでしまう。

「あやつめ、おなごだとおもうて手加減しおったな」

猿婆が苦虫を嚙みつぶしたような顔になった。

「真剣ならば死んでおろう。ああした甘い心構えでは、矢背家に迎えられぬ。お嬢さまはご自分よりお強い相手でなければ、婿にする気などないゆえな。ところで、おぬし、何用じゃ」

肝心なことを問われ、求馬は乾いた口をぱくつかせた。

すかさず、猿婆が小莫迦にする。

「おぬしは鯉か、洗いにしたら不味かろうがな」

「室井さまに推挙していただいたと聞き、御礼に参上したのだ」

「喋ったのは尿筒持ちか。ふん、余計なことを」

「余計ならば、来なかったことにしてくれ」

踵を返しかけると、猿婆は声を出さずに笑った。

「洟垂れのように、むくれるでないぞ。小脇に抱えておるのは、手土産か」

「塩瀬の饅頭だ」

「ほほう、それはまた張りこんだな。ほんのりと甘い小豆餡を、ふわっとした皮で優しく包む。塩瀬の饅頭はお嬢さまの大好物でな、おぬしが去るのは勝手じゃが、饅頭だけは置いていけ」

泣き笑いのような顔になると、猿婆はさも可笑しそうに腹を抱える。

「いやっ、たっ」

ふたたび、疳高い掛け声が聞こえてきた。

終わったとおもった申し合いが、またはじまったようだ。

稽古をつづけるたびに、ふたりの間合いは縮まっていくにちがいない。

それをおもうと、抑えようのない悋気と口惜しさが込みあげてくる。

だが、求馬にはふたりのあいだに割ってはいる勇気などない。

猿婆に菓子折を手渡すと、逃げるように垣根から離れていった。

四

降りつづく鬱陶しい雨のおかげで、池畔の紫陽花は鮮やかさを増した。

床の間の軸は「万法帰一刀」から「看脚下」に替わっている。

足許をみつめなおせという禅の教えだ。

求馬は朝から不動神のごとく座りつづけ、三方に載った鯛を睨んでいた。

「腐るまで睨め」

指南役の南雲からは、箸をつけてはならぬと命じられている。

勝手に名付けた「睨み鯛」なる修行は、小豆を箸で摘まむよりも辛い。

何のためにという疑念が蜷局を巻き、蛇となって内から精神を痛めつける。

しかも、南雲はいつ戻ってくるともかぎらない。

気づけば正面に座っていることもあり、うっかり、うたた寝もできなかった。

床柱の花入れには、雑草にしかみえぬ烏柄杓が挿してある。

乾いた根茎は半夏と呼ばれ、生薬になるらしいが、何の役にも立たないという意味で烏柄杓と名付けられた。

おそらく、自分のことなのだろうと、求馬はおもった。天より毒気を下す今の時節は半夏生と呼ばれ、ただでさえ気持ちが錆びついてしまうのに、終日鯛を睨んでいると、ほかのことならば何でも引きうけたくなってくる。

そうした心情を見透かしたように、矍鑠とした老臣があらわれた。秋元但馬守の懐刀と目される室井作兵衛である。

求馬は素早く威儀を正し、畳に両手をついた。

「南雲に断ってまいった。ずいぶん久方ぶりじゃのう」

伝通院裏手の阿弥陀堂ではじめて出会った際は、杖で脳天を叩かれた。目を覚ますと、御犬囲から「孫次郎」を救うようにと記された置き文があった。御犬囲に忍びこんではみたものの、孫次郎とは秋元家に代々伝わる能面のことにほかならず、広大な御囲から脱出するためには命懸けでいくつもの罠を潜り抜けねばならなかった。

のちに、室井から「鬼役の素養があるかどうかを見極めるため」と説かれたが、納得したわけではなく、そもそも、鬼役になりたいと望んでもいない。なってしまえば密命を拒むことができず、人を斬らねばならぬ場面も出てこよう。そこまでの心構えは、まだ持ちあわせていなかった。

室井は上座に落ちつき、扇を開いて忙しなく揺らす。

「覚悟が決まらぬのか。嫌なら、辞めてもよいのだぞ。とっとと逃げだし、御門を守る番士に戻ればよかろう。されど、一度逃げだしたら、二度と戻ることはできぬ。世の中には、おぬしの知らぬことが山ほどあるのじゃ。おぬしが望めば、それらを知ることもできよう。闇に一歩踏みこめば、許されざる悪事が蔓延ってておる。邪智奸佞の輩に引導を渡すのは、徳川家のいやさかを守るためじゃ。上様のために命懸けで事に当たる。御上から禄を頂戴する幕臣にとって、これほど名誉な御役はほかにあるまい」

室井の力強いことばには、いつも心を動かされる。何者でもないこの身に光を与えてくれるのかもしれぬと、期待してしまうのだ。

「ところで、赤穂塩の調べはどうなっておる」

こたえられずにいると、室井は眉を顰めた。

「下谷の組屋敷に住まわせた理由は、伝右衛門に聞いておろう」

「はっ。小柳誠之助の妻女を調べるためにござります」

「調べたのか」

「いいえ」

「ふん、使えぬやつだな。小柳の妻女、悪党仲間のあいだでは『あじさい』と呼ばれておるらしいぞ」

「『あじさい』にございますか」

「さよう、あそこにも雁首(がんくび)を並べておる」

室井は中庭の池畔に目をやった。

「九十九屋の筋からわかったのじゃ。誰が調べたとおもう」

「伝右衛門どのでしょうか」

「ちがう」

室井は意味ありげに笑った。

「調べたのは、風見新十郎じゃ」

「えっ」

「驚いたか」

激しい悋気にとらわれる。

志乃と木刀で打ちあっていた若侍も、室井から探索の命を受けているのだ。

「風見は腕も立つし、頭も切れる。おぬしより、一歩も二歩もさきを行っておるぞ」

煽られているとわかっても、ぜったいに負けたくないという気持ちが求馬の頰を紅潮させる。

「『あじさい』なる者、九十九屋に雇われているのでしょうか」

「わからぬ。雇い主がわかれば、苦労はせぬわい。九十九屋は広島藩浅野家の御用達ゆえ、同家に後ろ盾がおるのやもしれぬが、狡猾な商人め、いっこうに尻尾を出さぬ。ひょっとしたら、寺社奉行の永井伊賀守さまのもとに黒幕がおるのやもしれぬ。されど、いまだ端緒すらみつかっておらぬ」

それゆえ、女間者の線からたどるしかなくなったのかと、求馬は合点した。

「早急に探るのじゃ。さもなくば、悪党どもを取り逃がすことになろうし、密訴を余儀なくされた小柳某の身も危うくなる」

敵は小柳が密訴をしたと疑って、初枝という間者を送りこんできた。そうであったとするならば、密訴の確証を得ようとするだろうし、小柳が何処まで証しを摑んでいるのか探ろうとするはずだ。

が、それだけではなかった。用無しになれば、初枝を使って殺めようとするかもしれない。いざとなれば引導を渡すために所帯を持ったのかとおもえば、小柳が可哀相になってくる。

「これだけは言うておくが、探索を理由に修行を怠ってはならぬぞ。南雲は心眼(しんがん)で瞬時に怠惰(たいだ)を見抜く。見抜かれたら最後、おぬしはここにいられなくなる。そのことを覚悟しておけ」

「ははっ」

潰れ蛙(つぶれがえる)のように平伏(ひれふ)すと、室井はそそくさと部屋から出ていった。

室井から直々に密命は下されたものの、南雲のいいつけを守り、腐るまでは鯛を睨みつづけねばならぬ。

鍵を握る『あじさい』と親しくなる手はないものか、頭を捻(ひね)っても妙案は浮かんでこなかった。生まれつき、おなごが苦手なのだ。自分からはなしかけることなど、想像もつかない。

暗くなり、腐りかけた鯛の臭いを嗅いだ。

南雲はあらわれず、主人のいない上座に向かって丁寧にお辞儀をする。

屋敷から出るころにはあたりが暗くなり、雨もしとしと降っていた。

腹を空かせて組屋敷へ戻ると、床に膳箱が支度されている。

「ありがたい」

隣の常田家に両手を合わせ、さっそく正座して箸を取った。

刹那、ぞわりとした感触が走る。

首筋に冷たいものが触れていた。

刃物である。

「動くな」

背後で女が囁いた。

誰なのかは見当がつく。

「小柳どののご妻女か」

囁くと、溜息が漏れた。

「昨夜、わたしを尾けましたね」

「……き、気づいておったのか」

「何をみたのか、お教えください」

「塩河岸から、誰かと小舟に乗ったのをみた」

「そうですか」

あきらめたような口調で、初枝は問うてくる。

「梅雨稼ぎというものをご存じですか」

「ふむ」

こっくりうなずくと、刃物がわずかに離れた。

「それにござります。夫には内緒にしていただけませぬか」

間者であることを隠すために、初枝は嘘を吐いている。

求馬は知らんぷりを決めこんだ。

「内緒にいたそう。もっとも、小柳どのとは挨拶を交わしたこともないがな」

「お約束を守っていただけるのですね」

「守る。武士に二言はない」

すっと、白刃が引っこんだ。

求馬は振り向かず、諭すような口調で言った。

「されど、小柳どのは気づいておられるやもしれぬぞ」

「どうして、そうおもわれるのですか」

「理由はない。何となく、そうおもっただけだ」

「夫に気づかれたら、家を出るしかありませぬ」

「夫を捨てるのか。捨てられたほうは、たまらぬな」

「他人のあなたに、何がわかるというのです」

むきになった様子から推すと、小柳に未練でもあるのだろうか。

「梅雨稼ぎとは、夫に命じられて仕方なくやるものではないのか。妻が夫に隠れて日銭を稼ごうとするのならば、よほどの事情があるとしかおもえぬ」

「今より楽な暮らしがしたいだけです。それ以外に何があると」

「たとえば、みずからの意志とはうらはらのことをやらされているとか」

「やらされているとは、どういう意味です」

「さあ、わからぬ。ただ、同じひとつ屋根のしたで暮らせば、たがいに情が移らぬはずはない。おぬしはたぶん、小柳どのをたいせつにおもうておるのだ」

求馬は振り向いた。

初枝は俯(うつむ)き、動揺の色を隠せない。

「おぬし、小柳どのを傷つけたくないのであろう」

「……あ、あのお方には、どれほど優しくしていただいたか。夫にまんがいちのことがあったら、わたしは……い、生きていけない」

偽りのことばとはおもえなかった。間者として密命を帯びながらも、やはり、殺めねばならぬかもしれぬ相手に情を移してしまったのだ。

初枝は匕首(あいくち)を握っていたのも忘れていた。

「さような物騒なもの、おなごが持ってはならぬ」

優しく諭すと、陶器のような白い頬に一筋の涙が流れた。

もしや、助けを求めているのではあるまいかと、求馬は勘ぐらざるを得なかった。

五

初枝はすがたを消した。

それを知ったのは、秋元屋敷から戻ってくる帰路でのことだ。

蒼褪めた小柳誠之助が、家の近くを野良犬のように彷徨いていた。

放っておくことができずにあとを尾け、おもわず背中に呼びかけた。

「もし、どうなされた」

振り向いた小柳は、泣きそうな顔をする。

「妻が家におりませぬ」

やはり、おもったとおりだ。

居なくなる予感はあったので、求馬はさほど驚きもしなかった。

「喧嘩でもされたのか」

間抜けな問いを発すると、小柳は袖口から一寸書きを取りだす。

「書き置きがござりました」

「拝見しても」

震える手で渡された紙には「おせわになりました。おさがしにならぬよう」と、めめずが這ったような字で綴ってある。

小柳は目を赤くさせた。

「初枝がおらねば、生きる張り合いも無うなります。せめて、出ていった理由が知りたい。それがしに、何か落ち度でもあったのか。それならそれで、言ってくれれば直すのに」

ぞっこんではないかと、求馬は呆れてしまう。

小柳はみるからに純朴そうな男で、同情したくなるような顔をしていた。

もちろん、裏の事情まで知っている以上、放っておくつもりはない。

「いっしょに捜しましょう」

「えっ、よろしいのですか。伊吹どのはたしか、御膳所のお方ですよね」

「ご遠慮なさるな、近所の誼にござるよ。それより、ご妻女の行き先に心当たりは」

「申しあげにくいが、ひとつだけございます」

小柳が口にしたのは、本所一ツ目弁天裏の隠売所だった。

「じつを申せば、初枝は『あじさい』という源氏名の女郎でした」

上役の乙川半六という小頭から「どうしても」と誘われて断ることができず、一度だけ女郎買いをしたのだという。

敵娼になったのが、初枝だった。小柳は生まれてこのかた、おなごとまともにことばを交わしたこともなかった。たがいに生まれが会津ということもあり、初枝とは初見で意気投合し、その日のうちに身請けする段取りまで決めたという。

「この機を逃すわけにはいかぬ。お恥ずかしいはなし、自分でも抑えきれぬほど、舞いあがっておりました。所帯を持ったあとは、上役や同役から散々にからかわれて。されど、後悔はしておりませぬ。初枝は心根の優しい、おもったとおりのおなごでした」

身請金の三十両は、せっせと貯めた金だけでは足りず、高利の金貸しから借りうけたらしい。

ふたりの出会いにまつわるはなしを、求馬は複雑なおもいで聞いていた。

おそらく、上役の乙川が敵方に通じているのだろう。小柳は密訴したものと疑われ、乙川にまんまと嵌められたのだ。初枝は小柳の見張り役として送りこまれ、いざとなったら引導を渡す密命まで下されていた。同郷というはなしも、親しくなるための方便だったにちがいない。

求馬はそこまで推察しておきながら、初枝との約束を守って沈黙することを選んだ。

胸の裡で小柳に「申し訳ない」と謝りつづけ、気づいてみれば両国橋を渡っていた。

見渡す川面には、夕陽の欠片がちりばめられている。

橋向こうは本所。ふたりは回向院の門前町を右手に折れ、一ツ目之橋を渡った。渡ったさきにある弁天社はまだ新しく、今から十年前、綱吉によって創設を認められた。病を治した鍼灸師の杉山和一への恩に報いるべく、江島の弁財天を勧進させたのだ。拝領地のなかには、盲人に鍼灸療治を教える稽古所や官位を与える惣録屋敷も見受けられた。

盲人たちには金貸し業が認められているので、小金を持っている者も多い。それとの関わりは判然とせぬが、弁天社の裏手に広がる空き地の一角には淫靡な雰囲気の漂う隠売所があった。

暗がりの狭間に、軒行灯がいくつか閃いている。

三月前に抱え主だった男は、一ツ目の滝治というらしい。

小柳によれば、初枝は貧しい山村に生まれ、十二で女衒に売られたという。女郎たちにとって隠売所は生き地獄にほかならず、運よく身請けされたあとに戻ってくるとは考えにくい。それでも、ほかにおもいあたるさきはなく、藁にも縋るおもいでやってきたのだ。

「三月ぶりでござるが、抱え主はそれがしの顔をおぼえておりましょう」

小柳は自信なさそうに言い、うらぶれた長屋の端まで歩いていった。

細い道を挟んでどぶ川が流れており、小便臭さが目をしょぼつかせる。

小部屋からあらわれた女郎の襟は肩まではだけ、壁のように塗った白粉は剝げかかっていた。

「お武家さま、ひととき百文でいかが」

声を掛けられたついでに、小柳は袖口から小粒を摘まむ。

干涸らびた手に渡してやると、薹の立った女郎は笑ってみせた。

前歯が上下ともない。

「『あじさい』は戻っておらぬか」

小柳が尋ねると、女郎は顔を無遠慮に近づけてくる。

「どうりで、みたことがあるとおもった。あの娘を身請けしたお武家だね」

「ああ、そうだ」

「あの娘に捨てられたのかい。くふふ、そうなんだろう。役目を終えたら戻ってこいって、抱え主に言われていたからね……おっと、うっかり口を滑らせちまった」

すかさず、求馬が食いさがる。

「おい、役目とは何のことだ」

「えっ、そんなこと言いましたっけ」

女郎はぺろっと舌を出し、低声(こごえ)で「くわばら、くわばら」とつぶやきながら、穴蔵の奥へ引っこんでしまう。

ふたりは仕方なく、片隅の番小屋へ近づいた。

引き戸は開いており、大きな鼾(いびき)が聞こえてくる。

小柳がさきに敷居をまたいだ。

「御免、滝治どの」

小柳は声を掛けつつ、部屋の片隅に目を留めた。

立てまわされた古い屏風に、筒袖の着物が掛かっている。

紺地の背中に「白」と白抜きされているのだが、求馬は小柳がみつめる理由をはかりかねた。

滝治がふいに目を覚ます。

やさぐれた感じの四十男だ。

「誰かとおもえば、あんたか。名はたしか……」

「小柳誠之助だ」

「そうそう、小柳さまでやしたね。いってえ、どうしなすった」

「『あじさい』を知らぬか」

「藪から棒に何を仰るかとおもえば……旦那に身請けしていただいた日から、顔もみておりやせんぜ」

「嘘ではなかろうな」

「へへ、嘘を吐いても金にゃなりやせんぜ」

「身請けの際、何か役目を課したのか」

滝治はふいに黙り、すぐさま切りかえて追従笑いを浮かべた。

「さあ、おぼえちゃおりやせんね。恋しくなったら、いつでも戻ってこいとは言いやしたよ。ええ、はなむけってやつです。出ていく女郎にゃ、みんなに声掛けしておりやすが、戻ってくる物好きなんざ、ひとりもいやしねえ。何せ、女どもにとって、ここは生き地獄でやすからね」

「さようか、邪魔したな」

小柳はあっさり引きさがり、踵（きびす）を返して外へ出る。

求馬も慌（あわ）ててしたがった。

どぶ川に沿って、黙々とたどってきた道を引き返す。

一ツ目之橋を渡ったところで、小柳がようやく口を開いた。

「伊吹どの、おつきあいいただき、まことに申し訳なかった。ひとつ用をおもいだしたゆえ、さきに帰っていただけぬか」

拝むように懇願され、求馬はいぶかしんだ。

それでも、顔には出さず、わかったと諾（だく）して両国橋のほうへ向かう。

しばらく歩いて振り向くと、小柳が一ツ目之橋を渡りはじめたところだった。

求馬は裾を捲って身を屈め、気づかれぬように戻っていく。

一ツ目之橋を渡り、弁天社の裏手へ足を忍ばせた。

あたりはすっかり暗くなり、雨までぱらついてきた。

ある程度は夜目が利くものの、できれば提灯がほしい。

どぶ川のそばまで戻ってくると、軒行灯のそばに人影がひとつ張りついている。

小柳だ。

滝治が動くのを待っているようだった。

何を考えているのか知りたくなり、求馬も少し離れた物陰に隠れる。

それから、一刻（二時間）ほど経ったであろうか。

滝治が部屋から出てきた。

合羽替わりなのか、背中に「白」と白抜きされた筒袖の着物を纏い、右手には短い槍を提げている。

足早に歩く後ろ姿を小柳が追い、小柳の背中を求馬が追いかけた。

一ツ目之橋を渡り、回向院の門前町から横網町を突っ切り、大川端へたどりつく。

浅瀬に無数の杭が打たれた汀は、百本杭と呼ばれていた。山谷堀のほうで身投げした土左衛門が流れ着くこともあってか、日が暮れると誰も立ち寄らない。

そこに、十を超える人影が蠢いている。

いずれも、滝治と同じ「白」と白抜きされた紺の筒袖を纏い、小舟で運ばれてきた積み荷を荷車に移していた。

小柳は少し離れた物陰から、荷移しの様子を窺(うかが)っている。

その後方に隠れた求馬は、荷役たちに指図する侍に目を張りつけた。

「あやつ」

塩河岸で初枝を待ちかまえていた相手かもしれない。

猫背でひょろ長い背格好から推して、まず、まちがいなかろう。

「うわっ」

荷役のひとりが足を滑らせ、肩に担いだ木箱を落とす。

箱の蓋(ふた)が開き、中身がこぼれた。

白い粉のようだ。

塩だなと、求馬は察した。

「この役立たずが」

手槍(てやり)を提げた滝治が駆け寄り、荷役を蹴りつける。

猫背の侍もそばに近づき、すっと刀を抜いてみせた。

狼狽(うろた)えた荷役に白刃を向け、何事もなかったように納刀する。

無言で脅しつけたのだろうが、抜刀の手並みは見事なものだ。
「ほら、手っ取り早く掻き集めろ」
滝治の指図で荷役たちは、塩らしき粉を残らず木箱に戻した。
貴重な赤穂塩なのだろう。
騒ぎはその程度で収まり、さほど手間を掛けずに荷移しは終わった。
積み荷を満載にした三台の荷車が、滝治の先導で北のほうへ遠ざかっていく。
じっと窺っていた小柳も物陰から離れ、車列を慎重に追いはじめた。
一方、猫背の侍は踵を返し、荷車に背を向ける。
求馬は少し迷ったが、小柳ではなく、侍の背中を追いかけた。

六

雨に濡れながら東海道をひたすら南下し、芝神明へたどりついた。
真夜中である。木戸番の灯りが、遠くで淋しげに閃いている。
猫背の侍は大路の四ツ辻を左手に折れ、立派な長屋門の大名屋敷へ消えた。
おそらく、侍ならば誰もが知っている屋敷だ。

二年前までは赤穂藩を治めていた浅野家の上屋敷、もちろん、今は取り潰しになった浅野家のものではない。同藩へ転封となった永井家の拝領屋敷であり、当主の伊賀守直敬は寺社奉行に任じられている。

「永井さまか」

室井のはなしにも出てきた。同家は国許を統治するにあたり、高価な赤穂塩の売上を藩財政の柱に据えた。莫大な儲けが見込めるだけに、不正も起きやすい。浅野家が統治していた頃も、横流しの噂はあった。

塩河岸で待っていた侍の立ちすがたをおもいだす。少なくとも、初枝との繋がりはあきらかなのだ。永井屋敷に消えた侍の素姓さえわかれば、不正の筋書きはおのずとみえてこよう。

「これは手柄だぞ」

求馬は興奮の面持ちでつぶやき、物陰から離れた。

刹那、背後に殺気が迫る。

――ぶん。

振り向く暇もなく、白刃が鬢先を掠めた。

身を縮めねば、頭頂を殺がれていたはずだ。

「そいっ」

咄嗟に国光を抜き、返しの一撃を見舞う。

相手は水平斬りを躱し、後方へ飛び退いた。

対峙する闇には、山狗のごとき赤い双眸が光っている。

同様の目的で永井家の侍を見張っていたにちがいない。

求馬は駄目元で問うた。

「おぬしは誰だ」

「問答無用。とあっ」

相手は踏みこみも鋭く、大上段から梨割りの一刀を浴びせてくる。

志乃と同じ手筋が脳裏を過った瞬間、両腕に強烈な痺れが走った。

――がつっ。

頭上に火花が散る。

一刀を受けるには受けたが、相手は離れずに身ごと乗りかかってきた。

「ぐっ」

白刃越しに迫る顔をみて、求馬は瞠目する。

「……か、風見、新十郎」

名を口にするや、すっと相手が離れた。

刀を青眼に構え、三白眼に睨めつける。

「おぬし、何者だ」

「伊吹求馬」

「ふん、そんなやつもおったな。志乃さまが言うておられたわ。そそっかしいだけが取り柄の妙な男がいると」

「妙な男だと。志乃さまが、まことにさようなことを」

「ふん。おぬしのことなど、歯牙にも掛けておらぬわ」

「くそっ」

斬りたい衝動を抑えて納刀すると、風見も反りの深い刀を黒鞘に納めた。

あらためて顔つきをみれば、役者絵にしてもよいほどの男ぶりだ。

「ところで、伊吹とやら、屋敷に消えた男の正体を知っておるのか」

「いいや」

「知らずに尾けたのか、驚きだな」

「おぬしは知っておるのか」

「あたりまえだ。教えてほしいか」

「ああ」

「指図にしたがうと約束するなら、教えてやってもよいぞ」

「誰がおぬしなんぞに」

うっかり本音を漏らすと、風見は嘲笑う。

「まあ、よかろう。どっちにしろ、おぬしはわしの上に行けぬ。あやつは寺社奉行配下の吟味物調役でな、日置主水というのさ」

「永井家の者ではないのか」

「ああ、ちがう。わしらと同様、幕臣の端くれだ」

寺社奉行の役目は多岐にわたるので、新たに配される家中の者たちだけでは対応が難しい。寺社領などに目配りのできる古株が、どうしても必要だった。吟味物調役とは寺社奉行の差配する役目に精通した幕臣のことで、長らく同じ役目に留まっているため、やりようによっては不正の温床ともなりかねない。

風見は荷移しのことも知っていた。

「百本杭で荷移しの様子を目にしたのであろう。荷役たちはみな、同じ筒袖を着ておったはず」

「紺地に白抜きで『白』とあった」

「それをみて、気づかなんだのか」

「えっ」

「百から一を引けば白、すなわち、白は九十九屋の隠し屋号なのだ」

「なあるほど」

素直に感心してみせると、風見はやれやれという顔をする。

小柳もおそらく、滝治の部屋で「白」の筒袖をみつけた瞬間、九十九屋との関わりを察したのだ。おそらく、何処かで隠し屋号を目にしていたのだろう。それゆえ、わざわざ隠売所へ戻り、滝治を張りこんだにちがいない。

「滝治は九十九屋に金で雇われ、素姓の怪しい連中を掻き集めておるのさ」

荷役は脛に傷を持つ者ばかりで、隠し屋号の筒袖を着た者でなければ荷に触れることも許されぬという。

「荷は赤穂塩でまちがいない。本来は塩河岸に運ばれるべき高価な塩が、隠し蔵で眠らされているというわけさ」

「荷を囲いこみ、わざと値を吊りあげる算段だな」

風見によれば、荷移しは今宵がはじめてではないという。

小柳が追いかけた積み荷の行方も知っているのだろうか。

「ああ、わかっておる。何もかも教えてもらえるとおもうなよ」

まあよい。小柳に聞けばわかることだ。

それにしても、風見はどこまで調べているのだろうか。

置いてけぼりにされているようで、求馬は不安になる。

「小柳どのの妻女は、すがたを消したぞ」

「それよ、わからぬのは。刺客のくせに、亭主を始末もせずに消えるとはな」

惚れたからに決まっておろうと、言いかけて止めた。

風見にもわからぬことがあると知り、少しは気が晴れる。

「ともあれ、日置主水は九十九屋と通じ、初枝と名を変えた刺客とも通じておった。悪事の絵を描いたのは、日置か九十九屋のどちらかだろうな」

そうかもしれぬが、求馬にはどうしても引っかかる。

「初枝どのが刺客だと、どうしておぬしにわかるのだ」

「ふふ、つい先だって、闇討ちにされかけたからよ」

「何だと」

赤穂塩を囲った隠し蔵を探っていたら、初枝が気配もなく襲ってきたらしい。

「あのおなご、わしの一刀を躱し、二間近くも跳んだぞ。身のこなしから推せば、伊賀のくノ一かもしれぬ。もっとも、くノ一ならば亭主を生かしてはおかぬはず。密命を果たさずに逃げるようなまねはすまいがな」

風見は声を起てずに笑い、すっと後退る。

「待ってくれ」

求馬は顎を引き、もっとも知りたいことを口にした。

「おぬしは、鬼役になりたいのか」

わずかな沈黙ののち、闇の向こうから声だけが聞こえてくる。

「鬼役は出世の一里塚、迷うておったら前に進めぬ。身分の低い者には、迷うておる暇などないぞ」

ふっと、気配は消えた。

口惜しいけれども、風見のことばに背中を押されたような気もする。

求馬にも人並みに出世したいという欲はあった。

人斬りの密命を帯びた鬼役であっても、無役よりは何倍もいい。むしろ、喜んで奉仕すべきではないかと、みずからに言い聞かせる。

それにしても、風見は手強い相手だ。

志乃を相手取り、互角に渡りあえるだけのことはある。

求馬は痺れた腕を擦りながら、ぶるっと肩を震わせた。

七

翌夕、池之端(いけのはた)から下谷の組屋敷に戻ってくると、門の脇に小柳が立っていた。

「どうなされた」

求馬が小走りに近づくと、小柳は深々と頭をさげる。

「昨夜のこと、きちんと説明いたさねばなりませぬ」

生真面目(きまじめ)な性分だけに、放っておけなくなったらしい。

望んでいたことでもあり、求馬は家に導こうとする。

「道々、申しあげます」

「えっ」

「じつは、今からお連れしたいところが」

両国橋を渡って、本所の石原町(いしわらちょう)へ向かうという。

「石原町と申せば、百本杭のさきですね」

百本杭と聞いて、小柳は眉をぴくりと動かす。

もちろん、昨夜の尾行には勘づいていないはずだ。

「初枝は帰ってまいりませぬ。もう二度と会えぬような気がしております」

「望みを捨ててはなりませぬぞ」

慰めのことばを発しながら、求馬は自分に嫌気がさしていた。

おもいきって、初枝の正体を教えてやるべきかもしれない。貴殿の動向を探るために隠売所で気を引き、まんまと妻になりおおせた。貴殿は最初から騙されていたのだと告げるべく、何度も口を開きかけたものの、勇気が出ない。

残酷なまねはしたくなかった。しかも、どうして知っているのかと追及されれば、おのれの秘された役目を隠しておけなくなるだろう。

胸の裡で何度も謝り、求馬は小柳の背にしたがった。

「伊吹どのは、あれからまっすぐ戻られたのですか」

「えっ」

「いえ、疑っているわけではないのです。ただ、それがしなら、素直に戻らなかったかもしれぬとおもったもので」

「戻りませんでした。申し訳ござらぬ」

すかさず、求馬は頭をさげた。

「小柳どのがどうして隠売所に戻られたのか。気になって、あとを尾けました」

「やはり、そうであったか。いや、お気になさらずともよい。ならば、滝治のあとを追って百本杭に行ったことも」

「存じております。怪しげな連中が荷を移しておりましたね。されど、荷の行方まではわかりませぬ。荷車と小柳どのを見送り、百本杭から南へ戻りましたゆえ」

隠密と勘づかれる恐れがあるため、日置主水なる吟味物調役を尾けたことは伏せた。

「さようでしたか。あの荷が何か、おわかりですか」

「……い、いいえ」

「赤穂塩でござる。じつはそれがし、赤穂塩の囲い荷を調べております」

「さようにだいじなおはなし、伺ってもよろしいのですか」

白々しい態度で問うと、小柳は真剣な顔でうなずいた。

「ご迷惑でなければ」

「もちろん、迷惑なはずがありませぬ」

「ならば、是非とも聞いていただきたい。無礼を承知で申しあげれば、伊吹どのは親切で、みるからに信のおけそうなお方だ。ご迷惑かもしれませぬが、まんがいちのときは骨を拾っていただきたいのでござる」

「何を仰る。不吉な物言いはお止めになったほうがいい」

「申し訳ござらぬ。今のは聞きながしてくだされ」

小柳は滝治の部屋で「白」と白抜きされた筒袖をみつけた。推察したとおり、隠し屋号が「白」であることを調べていたので、九十九屋と滝治の関わりを疑ったのである。

「それゆえ、滝治を張りこんでおれば、悪事の端緒を摑むことができるかもしれぬとおもいました」

ただし、初枝のことは念頭にないようだった。滝治のところで出会ったのが偶然であるはずもないのに、初枝と悪党どもとの繫がりは考えようともしない。身請けまでしていっしょになった妻にたいし、一片の疑念すら抱いていないのだろう。

小柳はまた、囲い荷を調べはじめたきっかけも語った。

浅野家が改易となった混乱に乗じ、何かよからぬことが起きるのではと注視していたところ、赤穂塩の納入量が驚くほど減ったことに気づいた。納屋方の支配勘定として不審におもい、何軒もの下り塩問屋に出向き、帳簿を丹念に調べた。調べたなかに九十九屋もあり、帳簿を操作したとおぼしき形跡がみつかった。

疑念があるという段階ではあったが、さっそく、上役に訴えた。ところが、どうにも反応が薄い。仕舞いには調べを止めろとまで命じられ、上役の関与を疑うようになったという。

上役の名は乙川半六、のちに滝治のもとへ小柳を導いた小頭のことだ。初枝との出会いは仕組まれた罠だったにもかかわらず、小柳はいまだに気づいていない。あるいは、気づかぬふりをしているのか。ともあれ、小柳のなかでは乙川への不審だけが募っているようだった。

「乙川さまは少なくとも二度、九十九屋の催した宴席に招かれております。そのとき、黄金の餅を献上された公算は大きい。乙川さまに信をおくことができず、密訴という手段を取るしかなかったのでござる」

「密訴には勇気が要る。ことによったら、ご自身が罰せられるかもしれぬ。それでも、小柳どのは踏みきった。何がそうさせたのですか」

「拙者は会津藩に仕える貧乏な足軽の家に生まれました」

三男だったので役に就く見込みは薄く、算盤を身につけてひとりで江戸へ出てきた。支配勘定の役目を得て幕臣になったのは富くじに当たったに等しく、身を粉にして幕府に奉仕することに喜びを感じていた。

「算盤侍の矜持と申せば、格好のつけすぎかもしれませぬ。まことは、手柄をあげたかった。手柄をあげてみとめられれば、立身出世も夢ではない。唯一、それができるのは支配勘定とわかっておりましたゆえ」

上役の乙川は勘が鋭く、小柳の密訴を疑った。何度もしつこく聞かれたが、しらを切り通し、どうにか今日まで気づかれずに過ごしてきたと、小柳はおもいこんでいるようだった。

気づいてみれば、両国橋を渡り終えている。

後ろの空は夕陽に燃え、茜色に変わっていた。

墨堤に沿って重い足を引きずり、百本杭のそばを通りすぎる。

御竹蔵を抜ければ目途の石原町は目と鼻のさき、小柳に導かれたのは、雨林寺という禅寺だった。

「昨夜、荷が運ばれたところです」

「まさか、寺領とは」

寺社奉行の管轄なら、町奉行も勘定奉行も踏みこむことは許されない。まさに、盲点というべきところだろう。

驚くと同時に、求馬は猫背の侍を脳裏に浮かべていた。

吟味方調役の日置主水ならば、荷を囲っておくために適当な寺領を手当てすることは容易かもしれない。

「荷車が山門にはいるところまでは、この目で確かめました。されど、寺領は存外に広く、荷を途中で見失ってしまった。捕り方を引きつれて踏みこむ手もござりますが、まずは荷の在処（ありか）を特定せねばなりませぬ」

「妙案はござるのか」

「調べてみますと、修行したい者のために本堂を開放しておるようです。ならば、修行に託（かこつ）けて潜りこんでみる手もあろうかと。されど、ひとりではまことに心許ない。それで、伊吹どのをお誘いしたのでござる」

「なるほど」

「それがし、剣術のほうはからっきしで。じつを申せば、伊吹どのが空き地で素振り稽古をしておられるのを拝見し、見事なお手並みに感服いたしました。ことに、特徴のある気合いが耳から離れませぬ」

「や、えい、は、と……神官が禊祓（みそぎはら）いのときに発するものです」

「ほう、そうなのですか。一見すると撫で肩で細身にみえるが、もろ肌脱ぎになった伊吹どのは鞣し革を張りつけたかのごとき強靭なからだつきをしておられた。このお方ならば頼りになると、直感したのでござるよ。もちろん、身勝手なはなしゆえ、断っていただいてもけっこうです」

山門を目前にして、断るはずもなかろう。

求馬は苦笑しながら、さきに立って山門を潜った。

小柳が背中に囁きかけてくる。

「昨日の今日ゆえ、疑われるかもしれませぬぞ」

「そのときはそのとき」

求馬は嬉々として応じ、どんどん参道を進む。

薄暗がりのなか、本堂の両脇に構えた石灯籠の灯りが揺らめいていた。

風が出てきたようだ。

空を見上げれば、叢雲が蜷局を巻いている。

「伊吹どの、あれを」

小柳が指差す参道脇には、人の首がいくつも並んでいた。

いや、そうではない。紫陽花の叢だ。

「ここは紫陽花寺の異称で呼ばれておるようです」

小柳の声が遠くに聞こえる。

風見新十郎が初枝に襲われたはなしをおもいだした。

赤穂塩の隠し蔵を探っていたら、気配もなく襲ってきたのだという。

風見の調べたのもこの寺だったとすれば、初枝は寺領内に潜んでいたことになる。

「どういうことだ」

求馬は吐きすて、闇夜に浮かぶ紫陽花を睨みつけた。

八

宿坊を訪ねるまえに、誰もいない敷地内を巡ってみた。

墓所の片隅に古そうな土蔵をみつけ、そばに近づいてみると、内から小さな呻き声が聞こえたようにおもった。小柳は聞こえぬと言ったので、風音だったのかもしれない。

荷が運びこまれた形跡を探ろうとしたとき、後ろから龕灯で照射された。

近づいてきた寺男に下手な言い訳をし、どうにか本堂へ導いてもらった。

今は雨音を静かに聞きながら、本堂で座禅を組んでいる。

かたわらの小柳は慣れておらず、足を何度も組みなおした。

禅寺は来る者を拒まず、修行を望めば何刻でも本堂を開放する。

広々とした伽藍には風が吹きぬけ、じめじめした鬱陶しさはない。

須弥壇に鎮座する釈迦如来は、涼しげな眼差しを投げかけてくる。

――時時に勤めて払拭せよ。

呼びかけてきたのは、御本尊であろうか。

日々禅の修行を怠ってはならぬとの教えは、剣の師でもあった青雲寺の慈雲和尚がいつも口にしていた。

青雲寺は虫聴の名所として知られる道灌山の近くにある。住職の慈雲は、もともと鹿島神社の神官をつとめていた。神官でありながら鹿島新當流を究め、のちにおもうところがあって臨済宗の僧に転じたのだ。

それゆえ、求馬が修めた剣術の根っ子は鹿島新當流にあった。だが、禅とも関わりの深い無外流の抜刀術や山伏の金剛杖術などが取りこまれており、誰もまねのできない一風変わった奥義を修得することとなった。

最後に青雲寺を訪ねたのは如月のはじめ、参道には霜が張っていた。一手指南を願いでたところ、煩悩の犬になりさがった者の欲心にはつきあえぬと喝破された。禅寺の道場は木刀を打ちあう場ではない。いかに剣の形をおぼえ、剣理や剣技を習得したとて、心がともなわねば何の役にも立たぬと叱責しながらも、慈雲は稽古をつけてくれた。

入門以来、打ちあい稽古をまともにやらせてもらえず、不安を募らせていた。番士の頂点を決める申し合いを控え、みずからの力量を測る尺度すら持ちあわせていなかったのだ。

が、やはり、慈雲は強かった。求馬は、まったく歯が立たなかった。

——問われておるのは、禅心の深さじゃ。剣の力量は、おのずとそれに呼応する。

時折、恩師の教えが閃光となって脳裏に浮かぶ。

——拍子を知れ。五感で兆しを察するのじゃ。

慈雲は何年もかけて、さまざまな流派の奥深い剣理を叩きこんでくれた。そのひとつひとつを身に染みこませることこそが、求馬に課された修行だったにちがいない。

身心とも完膚無きまでに叩きのめされた直後、慈雲に「形と技に関して申せば、すでに、おぬしは名人の域に達しておる」と告げられた。「されど、弱い。あまりに弱い。強くなりたければ、おのれの弱さを知ることじゃ」と、恩師のことばはつづく。

――修羅の道を進まんとするならば、呵責無く殺人刀をふるう覚悟を決めねばならぬ。師に逢いては師をも殺し、親に逢いては親をも殺し、仏に逢いては仏をも殺す。それが臨済禅師の教えじゃ。

妥協を許さぬ厳しいことばには慈愛が込められており、とめどもなく涙が溢れてきたのをおぼえている。

――おぬしがこののち、死のうと生きようと、わしは一切関知せぬ。さあ、行け。修羅の道を進むと申すなら、二度と寺の山門を潜るでないぞ。

それがはなむけのことばとなった。得も言われぬ昂揚に包まれながら、おのれの定めた道をまっすぐに進むと誓ったのだ。

あの日以来、青雲寺を訪れたことはない。通い馴れた道場は失ってしまったが、参禅こそがみずからの原点だとおもっている。おのれを無の境地に導くことで、求馬の五感は研ぎすまされるのだ。

座禅を組みはじめて、一刻ほども経ったであろうか。
廊下の奥から、何者かの尋常ならざる気配が近づいてきた。
のっそりあらわれたのは、雲を衝くような大入道である。
墨染めの袈裟を纏っており、徳の高い住職のようだった。
「拙僧は巌起、雨林寺の禅師じゃ」
重厚な声が腹に響いた。
隣の小柳は圧倒され、声を失っている。
五分で対峙できるのは、求馬しかいない。
巌起坊にもそれがわかるようで、こちら側に顔を向けて座る。
どんぐり眸子に横広の大きな鼻、鰓の張った顎に分厚い唇。
髭があれば鯰だなと、求馬はおもった。
睨みつける視線と視線がぶつかり合い、たがいの力量を探りはじめる。
巌起坊が口を開いた。
「参禅に馴れておいでのようじゃ。幕臣のお方か」
「いかにも。ぜんはぜんでも、御膳奉行の配下にござる」
「ふほっ、ことば遊びもお手のものらしい。いったい、どなたの御毒味をなさるのであろうか」

「公方さまであられます」

「ほほう、さようか」

巌起坊は少し驚いてみせ、ぐっと身を乗りだしてくる。

「されば、数ある禅寺のなかから当山を選んだ理由を伺おう」

禅問答のごとき雲行きになっても、求馬はたじろがない。

「格別な理由はござりませぬ。されど、強いて申せば、参禅に託けて紫陽花を愛でたいがためであったやも」

咄嗟のおもいつきで『あじさい』の異名を持つ初枝のことを意識させようとした。風見が襲われたのが墓所の片隅に建つ土蔵のそばなら、初枝が寺領の何処かに潜んでいるとの推察も成りたつ。

謎を掛けても、巌起坊は眉ひとつ動かさない。

「紫陽花か。されど、夜目では愛でようもあるまい」

「仰せのとおり、前庭の紫陽花は人の首にしかみえませなんだ」

「ふん、おもしろいことを抜かす。近頃、土蔵のそばで大きな鼠がちょろちょろしおって困ると聞いたが、もしや、おぬしらのことではないのか」

巌起坊の口調が、ぞんざいなものに変わった。

「おぬしら、いったい、何を探っておる」

「ふふ、これは妙な言いがかりをおつけになる。探られて何か、不都合なことでもおありか」

「あったところで、骨取り侍風情に何ができる」

たいした自信だ。高慢さが繪面に滲みでている。

もっと挑発してやりたかったが、小柳が巻きこまれるのを恐れ、求馬は自重することにした。

巌起坊は数珠を揉みながら、じっと睨めつけてくる。

「毒味役は鬼役などと呼ばれておるそうじゃな」

「いかにも」

「烏頭毒なんぞでも喰えば、死にいたるか、運が良くても目がみえぬようになるじゃろう。死と隣り合わせの鬼役をまっとうするには、おのれを捨てねばならぬ。のう、若造、おぬしにできるのか。人よりも犬がだいじな公方の身代わりに毒を啖う。さような理不尽を許すことができるのか」

胸に刺さる問いかけにも、求馬は動じない。

もはや、巌起坊を敵とみなしているからだ。

「わしはな、同情しておるのだ。権力を持つ者たちにとってみれば、おぬしなんぞは使い捨ての道具でしかない。そのことに気づけば、まことに進むべき道もみえてこよう」

「まことに進むべき道」

「そうじゃ。この雨林寺には、道に迷うた者たちが訪ねてくる。来る者は拒まず、衣食の面倒をみてつかわす。訪ねてくる者だけではないぞ。野犬に食われかけた捨て子を拾い、何人も宿坊で育ててあげた。男の子だけではないぞ。尼寺のごとく、悲惨な目に遭った娘たちもすべて引きうける。わかるか、それが慈愛の精神じゃ。慈愛の雨を降らせることで、衆生(しゅじょう)に生きる喜びと生きぬく術(すべ)を与える。慈愛の林となるべき寺ゆえ、雨林寺と名付けられたのじゃ」

うっかり引きこまれそうになる説法であったが、求馬は志乃に言われたことばをおもいだしていた。

――きれいごとを並べる輩は底が浅い。

言い得て妙。まさに、巌起坊こそが底の浅い偽坊主にちがいない。

それよりも、捨て子を拾って育てあげるというはなしが気になった。

もしかしたら、初枝も拾われた子のひとりだったのではあるまいか。

この寺で衣食を与えられ、間者や刺客となるべく育てられたのではなかろうか。

そんな想像をしながら、求馬は隣に座る小柳をちらりとみた。

巌起坊の威圧に屈したのか、顔もあげられずにいる。

「おい、こっちをみろ」

求馬が顔を向けた瞬間、がばっと巌起坊は立ちあがった。

須弥壇のほうへ近づき、置いてあった長い錫杖（しゃくじょう）を手に取る。

「正直に素姓を告げよ。さもなくば」

巌起坊は大きく一歩踏みだし、錫杖を頭上に持ちあげた。

「ぬおっ」

野太い気合いを発し、重そうな錫杖をぶんぶん旋回させる。

「ひぃっ」

小柳は蹲り、頭を抱えてしまった。

求馬は端然と座したまま、微動だにしない。

――八風吹けども動ぜず。

またも、恩師慈雲の声が耳に聞こえてきた。

く。

宮本武蔵が体現した巌の身は、対峙する相手よりも覇気に勝るべきことを説く。

——覇気に勝るとはすなわち、死を覚悟することなり。

相討ち覚悟で敵中に飛びこむ肋一寸、慈雲の声は新陰流の剣理をも説く。

——一心不乱に行住坐臥、脱落身心の境地に到達せねば、肋一寸の極意は得難きことと心得よ。

求馬は刮目した。

はっとばかりに跳躍し、中空で愛刀の国光を抜きはなつ。

床に降りると同時に、寸止めの切っ先は巌起坊の喉元を捉えた。

凍りつくような沈黙を破り、巌起坊が肩を震わせて嗤う。

「くはは、恐れいった。おぬしをちと、甘くみすぎたようじゃ」

一歩、二歩と後退り、大入道は踵を返して伽藍から消えた。

我に返ると、全身が鉄のように固まっている。

求馬は長々と息を吐き、後ろに向かって叫んだ。

「小柳どの、ここにおっては危うい。逃げるぞ」

足を縺れさせた小柳の襟首を摑み、伽藍の濡れ縁へ躍りだす。

奈落と化した闇に向かって、求馬はえいとばかりに飛びこんだ。

九

翌朝、百本杭に役人の屍骸が浮かんだ。

頭を割られているが、本人を知る者がみれば素姓はわかる。

「勘定方の小頭、乙川半六だ」

公人朝夕人の伝右衛門が囁いた。

求馬は急報を受け、雨のなかを駆けてきたのだ。

ふたりは野次馬に紛れ、筵に寝かされた屍骸を眺めている。

ちょうど、町方同心の検分がおこなわれているところだった。

「棒か何かで一撃粉砕。殺ったのは怪力野郎だな」

早く切りあげたい同心は、聞こえよがしに声を張る。

求馬と伝右衛門は人垣から離れていった。

「昨晩、九十九屋が浅草花川戸の料理茶屋で宴席を催した。客はふたり。ひとりは吟味物調役の日置主水、そしてもうひとりが乙川だった」

九十九屋を張りこんでいたので、さきに帰った乙川のことは知らないという。帰路の大川端で何者かに襲われ、大川に捨てられた屍骸が流れ着いたにちがいない。

「凶器は錫杖かもな」

どうやら、伝右衛門には殺めた者の見当がついているらしい。

「雨林寺の坊主を知っておるのか」

「直（じか）には知らぬ。おぬしは」

「昨晩、小柳どのと座禅を組みにいった。巌起はこちらの素姓を疑い、仕舞いには御本尊のまえで錫杖を振りまわした」

「ほう、それで」

「こっちも抜いた。寸止めの突きを見舞ったら、巌起は嗤いながら去った」

「ふうん、よくも生きて戻られたな」

たしかに、運がよかったというべきだろう。

巌起坊は真夜中に寺領を離れ、大川端で乙川半六を殺めたのだ。

「墓所の片隅に怪しい土蔵をみつけた。百本杭で舟から揚げられた荷が運びこまれたさきかもしれぬ」

「おそらく、別のところへ移されたであろうな。おぬしは寺に探りを入れたばかりか、刀まで抜いた。相手が警戒せぬはずはない」

乙川が殺められた理由も、そうした流れのなかで起こったことなのだろうか。

「敵は蜥蜴の尻尾切りをやりはじめた。乙川のごとき欲深い小役人は、生かしておくと危ういと判断したのさ。当面は鳴りを潜める気であろう」

伝右衛門の読みは当たっていよう。

それにしても、巌起坊とは何者なのか。

「あれはどうみても、ただの坊主ではないぞ」

「広島藩浅野家の元槍指南役にして、一伝流棒術の遣い手。毛利家の御前試合で相手を木刀で叩き殺してしまい、出奔を余儀なくされた。されど、いまだに同家とは裏で繋がっており、同家の御用達でもある九十九屋を介して、赤穂塩を秘かに横流ししている疑いがある」

「よくぞ、そこまで調べたな」

「志乃さまの受け売りだ。猿婆に調べさせたのさ」

求馬は驚きを禁じ得ない。皺顔の老婆にそれほどの力があるというのか。

「ついでに言っておくと、初枝と名を変えた女間者は雨林寺で育てられたらしいぞ」

「それも猿婆の調べか」

「ああ。巌起が養父となり、幼子に忍び働きを教えこんだ。ところが、忠実であるはずの女間者は偽夫に恋情を抱き、飼い主を裏切った。はたして、今はどうしておるのか」

巌起坊は人を道具にしかみておらぬゆえ、十中八九、口を封じられたはずだと、伝右衛門は言いきる。

「そんな……江戸を離れたかもしれぬぞ」

「何処かでまだ生きているようだな」

生きていてほしい。夫は今も妻の帰りを待っている。どうか頼むから、生真面目で情の深い夫を悲しませずにいてほしいと、求馬は心の底から願った。

「ふん、あいかわらず甘いやつだ。そんなことでは、風見新十郎を出し抜けぬぞ」

「えっ」

「巌起に関することはすべて、風見にもわかっておる。おぬしもその程度のことを知らねば、勝負にならぬとおもうてな」

「それで、わざわざ呼びだしたのか」

「風見にはちと鼻持ちならぬところがある。泥臭いおぬしのほうが、みていておもしろいゆえ、少しばかり手助けしてやろうとおもってな」

「まるで、わしと風見が競わされているようではないか」

「競わされておるのだ。どちらか生き残ったほうが、密命を帯びた鬼役になる。ひょっとしたら、矢背家に婿入りできるやもしれぬ。そうなれば、二百俵取りの旗本だぞ。二半場の御家人風情にしてみれば、夢のようなはなしであろう」

たしかに、旗本になるのは夢だ。されど、志乃と所帯を持つことなど考えられぬし、望んでもいなかった。志乃に抱いているのは好き嫌いの感情ではなく、憧れや敬愛に近い。遠くから眺めているだけでも満たされた気分になる。喩えてみれば、千代田城大広間の書院を彩る襖絵のようなものだった。何人も触れてはならぬ、神々しい存在とでもいうべきか。

「おい、何をぼけっとしておる」

伝右衛門の声に、はっとして我に返った。

何よりもまずは、悪事の筋書きを解かねばなるまい。

ふたりは強くなった雨を避け、回向院の門前にある水茶屋へ向かった。

草色の幟がはためく見世の内には、赤い毛氈の敷かれた床几が置かれている。

人影のない片端に落ちつき、温かい茶と串団子を注文した。

腹が減っていたので団子を一気に頬張り、求馬は喉に詰まらせる。

「げほ、ぐえほっ……」

「まこと、隙だらけな男よな」

嘲笑う伝右衛門を、充血した目で睨みつけてやる。

「……ふん、余計なお世話だ。そんなことより、見立てを聞かせろ。悪事の黒幕は巌起なのか」

「たぶんな。たとえば、きっかけはこうだ。巌起は寺社奉行配下の日置主水から、九十九屋が赤穂塩を不正に横流ししているというはなしを聞いた。巌起は根っからの悪党ゆえ、日置を後ろ盾にして強請を仕掛けようと企んだのかもしれぬ」

ところが、九十九屋はふたりの上をいく悪党だった。浅野家のように赤穂塩がほしい大名家はいくらでもある。どうせなら、囲い込みで値を吊りあげようと算盤を弾き、逆しまにふたりを仲間に引きいれた。巌起が塩を保管しておく場所を貸し、日置は役所の目をごまかす役目を負うことにしたのだ。

「三人でがっちり手を組み、濡れ手で粟という筋書きさ」

「なるほど」

　悪巧みは順調にはこんだ。ところが、勘定方の役人に疑いの目を向けられた。

「乙川半六だ。乙川は欲深い男で、不正の臭いを嗅ぎつけながらも、九十九屋に懐柔された」

　安堵したのもつかのま、乙川配下の小柳誠之助が不正を疑いはじめた。しかも、乙川を信用せず、密訴に踏みきった恐れすらあった。そこで、巌起は女間者を偽妻として送りこんだ。

「と、ここまでの筋書きを読み解かれたのは、じつは室井さまなのだ」

「えっ、室井さまが」

「ただし、証しも証言もない。想像の域を出ぬことゆえ、悪党どもに引導を渡す命は下せぬと仰せだ」

「志乃さまはご存じなのか」

「ああ、ずいぶんお怒りになったらしい。状況から推せば悪事は明白。一刻も早く悪党どもを始末させよと、室井さまに息巻いたそうだ。従者の猿婆が必死になだめたと申すから、いつも以上のじゃじゃ馬ぶりをみせたのであろう」

「風見はどうしておる」

「息を潜め、爪を研いでおろうさ。あやつは賢い、損になることはせぬ。ここぞというときにあらわれ、手柄を掻っ攫うつもりかもな」

悪党どもを始末することが、やはり、手柄に繋がるのだろうか。

「伝右衛門どのは、どうおもう」

「眠たいことを抜かすな。この程度の試練を越えられぬようでは、鬼役にはとうていなれぬぞ」

ふと、南雲五郎左衛門の顔が浮かんでくる。瞼を静かに閉じた顔だ。

「南雲さまも数々の修羅場を潜り、鬼役になられたのであろうか」

求馬のつぶやきを、伝右衛門が掬いとった。

「南雲さまか。あのお方は謎が多い。烏頭毒を啖うて目がみえぬようになったという以外、わしとて南雲さまの事情は知らぬ。されど、物腰から推すと、抜刀術を究めたやにみえる」

「じつは、わしもそうおもった」

「抜刀術と申せば、日置主水は片山伯耆流の免許皆伝らしいぞ」

「伯耆流と申せば、波斬りか」

「さよう。波斬りの日置といい、錫杖を振りまわす巌起といい、一筋縄ではいかぬ連中ばかりだ。ことによったら、おぬしや風見だけでは手に余るかもしれぬ」

「どうすればよい」

「さあて。調べがここから進まぬとなれば、敵の出方を待つしかあるまい。たぶん、つぎに命を狙われるのは、小柳誠之助であろう。役人殺しは重罪ゆえ、小柳を殺めた証しがあがれば、悪党どもに引導を渡す理由にはなる」

「莫迦なことを。小柳どのが殺められるまで、指を咥えて待てと申すのか」

「そうなってほしくなければ、生真面目な隣人を守ってやることだ。室井さまもおそらく、おぬしにその役目を期待しておられるにちがいない」

伝右衛門は立ちあがり、煙るような雨中に消えた。

毛氈に置かれた皿には、串が二本だけ残されている。

小銭を何枚か皿の脇に積むと、求馬は重い尻を持ちあげた。

十

乙川の屍骸がみつかってから、四日経った。

鬱陶しい蒸し暑さのなか、今日も小柳誠之助は当て所もなしに、市中を彷徨きまわっている。帰ってくる見込みの無い妻の影を求めているのだ。

「本家ぇ、癪ぅ、渋り腹に疳の虫ぃ、腹薬には延命散……」

辻向こうから聞こえてくるのは、定斎屋の売り声であろうか。

そう言えば、このところ毎日のように耳にする。売り声だけではなく、かたかたと薬箪笥の鐶が鳴る音も耳にすっかり馴染んでしまった。

梅雨明けを目前にして、涼を売る心太や酸漿売りのすがたも見掛けるようになった。

辻から辻へ歩きまわるだけで、着物は汗でびっしょり濡れてしまう。

小柳は神田相生町から松永町、仲町、花房町とたどり、別の露地から反対の佐久間町のほうへ抜けていった。

和泉橋から神田川を右手に眺め、新シ橋へまっすぐ延びる道を進む。

――ごおん。

暮れ六つ（午後六時）の鐘が響いた。

夕陽は沈みかけ、小柳の後ろ姿は彼岸との境目に霞んでしまう。

新橋のほうからは、定斎屋らしき人影が近づいてきた。

――かちかち、かたかた。

聞こえてくるのは、天秤棒で担ぐ薬箪笥の鐶が鳴る音だ。

「薬能を笠に着ている定斎売り、か」

求馬はのんびり歩きながら、誰かの詠んだ川柳を口ずさむ。

定斎屋は炎天下でも笠をかぶらず、汗だくで日向を歩く。

近づいてきた定斎屋は、笠を目深にかぶっていた。

しかも、炎天下どころか、今は夕暮れなのだ。

妙だな。

首をかしげたところへ、後ろから声を掛けられた。

「お師匠さま、伊吹先生」

稽古着で叫ぶのは、隣に住む松太郎にほかならない。

振りかえって足を止めたので、小柳との間隔は広がった。

「先生、稽古をお願いします」

「ああ、わかった。さきに帰っておれ」

「はい」

松太郎は素直に応じ、跳ねるように遠ざかっていく。

急いで首を捻ると、小柳は遥かさきを歩いていた。

求馬は裾を割り、小走りにあとを追いかける。
そのときだった。
小柳の行く手に、人影が三つ躍りだしてきた。
破落戸どものようだ。三人とも段平を握っている。
遅れて登場した四人目だけは、手槍を提げていた。
「一ツ目の滝治か」
気づいたときには、もう遅い。
最初の三人が猛然と駆けだした。
「ぬらああ」
あきらかに、狙いは小柳だ。
「逃げろ、小柳どの」
求馬は駆けながら、必死に叫んだ。
声が届かぬのか、小柳は棒と化している。
つぎの瞬間、求馬は目を疑った。
笠をかぶった定斎屋が、道をふさぐように薬箪笥を置いたのだ。
しかも、天秤棒を引き抜き、破落戸どもに対峙する。

「退(ど)け、薬屋」

脅されても怯(ひる)まず、何と天秤棒で一人目の顎を砕いてみせた。

「うげっ」

段平を振りまわしたふたり目は、額を打たれて昏倒(こんとう)する。

さらに、逃げ腰になった三人目は胸を突かれ、息を詰まらせた。

「てめえ、邪魔するな」

滝治が吼(ほ)え、手槍を投げつける。

――ぶん。

空を裂いた手槍が、小柳の胸に突きたった。

と、おもったが、そうではない。

命中したのは、定斎屋の背中だ。

はらりと、笠が落ちた。

定斎屋の正体は黒髪の女だ。

「……は、初枝」

小柳はつぶやき、倒れかかる初枝を抱きとめた。

「何故だ、初枝、初枝……」

定斎屋に身を窶し、いつもそばから見守っていた。
そして、最後は身を挺して、夫の命を救ったのだ。
求馬は息を切らし、慟哭する小柳の脇を駆けぬけた。
正面の滝治は身構え、懐中に呑んだ匕首を抜く。
「来やがれ、さんぴん」
待っておれ。
誘われずとも、引導を渡してやる。
求馬は低い姿勢で迫り、陣風となって滝治の脇を擦り抜けた。
斬られた本人でさえも、刹那の光芒を目に留めなかっただろう。
抜き際からの見事な胴抜きであった。
すでに、国光は鞘の内にある。
「あれっ」
滝治の顔が歪んだ。
脇腹がぱっくり開き、鮮血が飛沫となって噴きだす。
屍骸となった悪党を尻目に、求馬は小柳のもとへ駆け寄った。
哀れな夫の腕に抱かれて、初枝は穏やかな顔で息絶えている。

「……う、薄々わかっておったのだ……さ、されど、わしはかたときも、そなたを疑ったことはない。そなたも、わしを裏切らなんだ……さ、最後までわしを……こ、こんなわしを、好いていてくれたのだな」

求馬には掛けることばもない。

涙で霞み、小柳が握る脇差（わきざし）すらもみえなかった。

「初枝よ、待っておれ。わしもすぐに、まいるからな」

「うわっ、何をする」

止める暇もなく、小柳は首筋を掻き切った。

夫の血を浴びても、妻は微笑（ほほえ）んだままでいる。

美しいとさえおもったが、ほんの一瞬のことだ。

求馬は両膝を落とし、あまりに無力なおのれを呪った。

「……く、くそっ」

悪態を吐いたところへ、誰かの気配が近づいてくる。

片方の手を取り、強引に持ちあげようとした。

「ここにおってはまずい。人が集まってくるぞ」

伝右衛門だ。

「うるさい、放っといてくれ」

手を振りほどくと、今度は襟首を摑まれた。

ずりずりと、道端まで引きずられていく。

抗う気力もなく、求馬は項垂(うなだ)れた。

——ばしっ。

おもいきり、平手打ちを食らう。

「目を覚ませ。これは運命(さだめ)なのだ」

「何だと」

食ってかかると、伝右衛門は顎をしゃくった。

「みてみろ」

暮れなずむ道のまんなかに、ひとつになった夫婦(めおと)の影が蹲っている。

「ふたりはな、あれで幸せなのだ」

伝右衛門の眸子も濡れている。

ふたりがあの世で再会できることを祈るしかないのか。

ようやく、求馬は落ちつきを取り戻した。

伝右衛門が声を押し殺す。

「おぬしに密命が下ったぞ」

「えっ」

「今宵、九十九屋は宴席を催し、日置主水を接待する。この機を逃がさず、日置に引導を渡すべし。それが密命だ」

九十九屋は捕らえ、悪事の口書(くちがき)を取るという。

「雨林寺の坊主は」

「別の者がやる」

「風見新十郎か」

「ああ、それがどうした。おぬしはおぬしの役目を果たせ」

伝右衛門は、いつになく真剣な目で睨みつける。

求馬は立ちあがり、すっと襟を整えた。

「案内してくれ」

今の自分なら、誰であろうと躊躇(ちゅうちょ)なく斬ることができよう。

求馬は五体に殺気を帯び、固い絆(きずな)で結ばれた夫婦の屍骸に背を向けた。

十一

浅草花川戸の料理茶屋は、大川を眼下にのぞむ土手際に建っていた。

「鯉の洗いが美味いらしいぞ」

伝右衛門は軒に並ぶ提灯を見上げ、舌舐めずりしてみせた。

求馬は柳の木陰に座り、鞘走らせた法成寺国光に拭いをかける。

茶花丁子乱の刃文に添樋、なかでも樋内彫の刀身彫刻には目を瞠るものがあった。

「倶利伽羅竜王か、見事だな」

国光の竜が火を吐けば、いかなる悪漢も太刀打ちできまい。

「おぬしはさっき、怒りに任せて刀を抜いた。厳しいことを言うようだが、情に左右されておるようでは、刺客はつとまらぬぞ」

「だから何だ。おのれの手を汚さぬくせに、偉そうなことを抜かすな」

「土田家の役目は探索だ。幕初から、そう決められておる」

「ふん、お気楽な役目だな」

「ずいぶん突っかかるではないか。わしが敵にまわれば、おぬしは何もできぬようになるぞ」

伝右衛門の言うとおりかもしれない。だが、それならそれでかまわぬという自暴自棄な考えにとらわれた。

「謝るなら今のうちだぞ」

冷静な口調で諭され、求馬は唇を嚙みしめる。

伝右衛門が憎いわけではない。小柳と初枝を救えなかった自分があまりに不甲斐ないのだ。

「すまぬ」

素直に謝ると、伝右衛門は黙って軒提灯を見上げた。

たぶん、こちらの気持ちをわかってくれたのだろう。

「破落戸を斬った太刀筋をみた。あれは居合だな。おぬしが修得したのは、鹿島新當流ではないのか」

「無外流の抜刀術も修得させてもらった。おかしな師匠でな、抜刀術に勝るものはないと、自信たっぷりに言いきるのだ。それなら、最初からそっちを教えてくれと、陰で毒づいていた時期もあった」

「おもしろい。ならば、日置とは居合で勝負をつけるか」

「わからぬ。その場に立ってみぬことには」

ぶるっと、求馬は胴震いしてみせる。

「武者震いか。馬だな」

さよう。走ることのみを考える馬のごとくあれとおもう。

一刻ほど待ちつづけていると、生温い風が吹いてきた。

土手の向こうから、二挺の駕籠が滑りこんでくる。

「早くもお帰りか」

さらに、半刻（一時間）ほど待たされた。

低い空には、刃物のような月がある。

表口が騒がしくなり、肥えた商人と猫背の侍が出てきた。

「来おったぞ」

伝右衛門が囁く。

はじめて目にする九十九屋の面相は、狡猾な狸にしかみえなかった。

先頭の駕籠に九十九屋が乗り、日置主水は後方の駕籠に乗りこんだ。

駕籠かきを除けば、提灯を提げた手代風の若者以外に従者はいない。

ふわりと駕籠が持ちあがり、静かに動きだした。

「あん、ほう」

先棒の掛け声に、後棒が絶妙の間で応じる。

求馬と伝右衛門は木陰から離れ、駕籠尻を追いかけた。

九十九屋の店は塩河岸にあり、日置は芝神明の永井屋敷へ向かうはずだ。浅草御門は亥ノ刻（午後十時）以降は閉じるので、二挺はおそらく、柳橋を渡って両国経由で南下するにちがいない。

「先廻りしておくか」

つぶやいた伝右衛門をさきに行かせ、求馬は後ろから駕籠尻を追いかける。

櫛堀脇の蔵前大路を通りぬけ、鳥越橋を渡って神田川の手前まで進む。

おもったとおり、駕籠は浅草橋の手前を左手に折れ、柳橋へ向かった。

右手前方に橋が近づくにつれて、心ノ臓がどきどきしはじめる。

先頭の駕籠が右手に折れ、橋を渡っていった。

少し遅れて、後ろの駕籠が右手に折れる。

「すわっ」

求馬は裾を捲り、髷を飛ばす勢いで駆けた。

橋にたどりつくと、先頭の駕籠がちょうど止まったところだ。

行く手には、伝右衛門のすがたがある。

死んでも通さぬ気概もあらわに、橋のまんなかで仁王立ちしていた。

二挺の垂れが捲られ、まずは九十九屋が重そうな腹を揺すりながら出てきた。

つぎに日置主水がゆっくりとあらわれ、襟を寄せて九十九屋のほうへ歩みだす。

「ふん」

求馬は気合いを入れ、橋の底板を蹴りつけた。

気配に勘づいた日置が、首を捻りかえす。

「うぬら、何者じゃ」

若い男が提灯を捨て、匕首を抜いた。

「しゃらくせえ」

どうやら、九十九屋に雇われた伝法者（でんぼうもの）らしい。

「死ね」

叫びあげ、からだごと突進していく。

的になった伝右衛門は少しも慌てず、ひらりと匕首を躱し、男の首筋に手刀を打ちこんだ。

「ぬげっ」

声をあげたのは、後ろに控えた九十九屋のほうだ。

あたふたと逃げだし、日置に縋りつこうとする。

「寄るな、阿呆」

日置は怒鳴りつけ、こちらにからだを向けた。

這いつくばる九十九屋の背後には、伝右衛門が佇んでいる。

「ひゃっ」

阿漕な商人のことなど、日置はまったく気にする素振りもない。

殺気を漲(みなぎ)らせながら、どんどん近づいてくる。

求馬は覚悟を決め、国光を抜きはなった。

本身を右八相(はっそう)に掲げるや、腰をぐっと落とす。

両足を八の字の撞木(しゅもく)に構え、左右の肘(ひじ)を大きく張った。

鍔(つば)の位置は、こめかみよりも高い。

一見しただけで、相手は威圧を感じるはずだ。

案の定、日置は足を止めた。

「その構え、鹿島新當流か」

「さよう」

「わしの居合に通用するかな」

日置はだらりと両手をさげ、爪先で躙りよってくる。

もちろん、物腰をみただけで手練であることはわかった。

抜き即斬の鉄則どおり、抜き際の一刀に勝負をかけてくるはずだ。

決め手となるのは間合いと捷さ、沢庵和尚の説く「石火の機」を捉えるには、心をとどめぬことが肝要と、慈雲は教えてくれた。

「ねいっ」

求馬は気合いを発し、国光を脇構えに変化させた。

刀身を背に隠す。

正面の敵には、おそらく、突きだされた左肘しかみえまい。

白刃の出所がはっきりせず、間合いの取り方が難しくなろう。

すでに、求馬は巌の身、根が生えたように動かない。

「身は深く与え、太刀は浅く残して、心はいつも懸かりにてあり」

剣理を呪文のごとく唱え、瞬きすらもしなくなった。

「猪口才な」

日置は苦々しげに吐きすてる。

迷いを振り払うかのように、ひゅんと息を吸い、長々と吐きだした。

求馬はこれまで、板の間では勝ちを拾ってきた。無敵と言ってもよかろうが、本物の剣客と真剣で渡りあったおぼえはない。

それでも、求馬には確信があった。

懐中に入れずに勝てるという確信である。

日置は抜かずに身構え、なかなか斬りつけてこない。

が、そんなことは織りこみ済みだ。

居合はかならず、後の先を取る。

先んじれば勝ちを逃すと、わかっているからだ。

求馬は絶妙の好機を捉え、先手を打たねばならない。

必殺の一刀は袈裟斬り、相手の想像を超えた間合いから国光を繰りだすのである。

――拍子を知れ。

慈雲が囁きかけてきた。

相手の兆しを察知する。その刹那こそが好機にほかならぬ。

日置は息を詰めた。
ここだ。
求馬は身を捻り、大きく一歩踏みだす。
日置も身を沈め、速攻で抜きにかかった。
「や、えい」
求馬は気合いもろとも、一尺五寸の刀身をぶん回す。
両腕は伸びきったままだ。
剛刀の切っ先が刃風を唸らせ、何処までも伸びていく。
まさに、ぶん回したと表現するしかなかろう。
刹那、身を反らす日置の喉笛が真横に裂けた。
「ひっ」
おそらく、躱しきったとおもったはずだ。
ところが、見切った線からさらに一寸、求馬の切っ先は伸びてきた。
居合の達人は、抜くこともできずに斃れていったのである。
「お見事」
勝負を見届けた伝右衛門の脇には、白目を剝いた九十九屋が横たわっている。

求馬は樋に溜まった血を切り、国光に拭いをかけた。

「わしはこやつを連れていく。おぬしはどうする」

伝右衛門に問われ、求馬は迷わずにこたえた。

「雨林寺へまいる」

「助太刀か」

「その必要があればな」

求馬は伝右衛門と別れて柳橋を渡り、両国橋の手前までやってきた。

眼下の川面は沈黙し、漆黒に塗りかためられている。

遥か彼方の対岸に向かって、長大な隧道が繋がっているかのようだ。

「待っておれ」

巌起坊と風見新十郎、ふたりに向かって吼えた。

草履を脱いで裸足になり、正面の闇を睨みつける。

求馬は一気に駆けぬけるべく、低い姿勢で地を蹴った。

十二

叢雲が竜となって渦巻き、大粒の雨が落ちてきた。

雨林寺の山門脇へたどりつくと、誰かが倒れている。

風見新十郎だった。

腹のあたりから血を流している。

「おい、大丈夫か」

声を掛けると、風見は薄目を開けた。

が、喋る気力も無いようだ。

かさかさと、枯葉を踏む音がする。

はっとして身構え、刀の柄（つか）に手を添えた。

背後の茂みから、人影がひとつあらわれる。

険しい顔で近づいてきたのは、猿婆であった。

両手に薬草を握っている。

「白膠木（ぬるで）の葉と茅萱（ちがや）の根っ子じゃ。弟切草（おとぎりそう）のよいのもあった、ほれ」

みせられても判別がつかない。いずれも血止めに効能のある薬草だが、求馬は頭を混乱させた。

「何を驚いておる。お嬢さまに命じられて様子見にまいったら、血だらけで倒れておったのじゃ。風見どのは坊主に斬られた。坊主にも手傷を負わせたらしいがな」

錫杖には仕込み刃が隠されており、不覚を取ったのだという。

「命に別状は」

「なかろうよ。血はけっこう流れたが、五臓六腑は傷ついておらぬ。まあ、運が良かったというしかなかろう」

「されば、風見どのをよろしく頼む」

求馬は立ちあがり、ぺこりと頭をさげた。

猿婆は眸子を細める。

「行くのか。手負いの虎は厄介だぞ」

「わかっておる」

「骨は拾うてやるゆえ、存分に戦ってくるがよい」

「かしこまった」

戦さ場に送りだされる武将の気分だ。

堂々とした風情の猿婆が、軍配を持つ侍大将にみえる。

求馬はきりっと口を結び、朽ちかけた山門を潜りぬけた。

参道の向こうには、本堂を背にして左右に篝火が焚かれている。

燃えあがる炎は虎口への道標、巌起坊は手ぐすねを引いていることだろう。

「ええい、ままよ」

求馬は参道を駆けぬけ、びしょ濡れのまま本堂へ躍りこんだ。

「ノーマク・サンマンダー・バーザラダン・カン、ノーマク・サンマンダー・バーザラダン・カン……」

伽藍に殷々と響いているのは、護摩行などで唱える不動明王の真言であろうか。

金箔の剝げた釈迦像の背後から、ぬらりと大入道があらわれた。

「……げ、巌起坊」

隆々とした裸体に晒を巻きつけ、大きな手には錫杖を提げている。

「ほう、つぎはおぬしか。たしか、鬼役であったな」

「いかにも」

鬼役にはなっておらぬが、矜持と気概だけはみせておかねばなるまい。

「鼠どもめ、よほどわしの命がほしいとみえる」

「日置主水は死んだぞ」

「それがどうした」

「悪党仲間ではないのか」

「嘆けとでも申すのか。日置はただの腐れ役人にすぎぬ。強欲で保身に長け、他人とは利でしか結びつかぬ。それが役人というものじゃ。日置主水の替わりなんぞ、いくらでもおろうさ」

「阿漕な九十九屋も捕らえた。責め苦を与えれば、おぬしの行状もあきらかにしてくれよう」

「のはは」

巌起坊は呵々と嗤い、大胆に間合いを詰めてくる。

「あきらかにしてどうする。世間に知らしめるのか。それができぬゆえ、鼠どもを送りこんでくるのであろうが。すべてを闇から闇に葬りたい。そう考える連中の望みが、おぬしにはわからぬのか。儲けを横取りしたいのじゃ。それ以外に何がある。のう、鼠よ。ほかにあるなら、こたえてみろ」

「正義だ」

間髪を容れずに、求馬は声を張った。

「欲得抜きで、おぬしのごとき悪党を成敗する。それを使命とする者もおるのだ。元槍指南の生臭坊主には、わからぬだろうがな」

「正義を唱えて犬死にすれば、とんだお笑いぐさじゃのう」

巌起坊はさらに近づき、錫杖を青眼に構えるや、わずかに顔を歪めた。

胸乳や脇腹に巻かれた晒に、血が滲んでいる。

風見の負わせた傷は、ひとつではなさそうだ。激闘を演じたのであろうが、巌起坊に疲れの色は感じられない。

求馬は刀を抜かず、だらりと両手をさげた。

「日置のまねか」

巌起坊が舌舐めずりしてみせる。

いかにも、日置の構えが念頭にあった。抜き際の一刀で始末してくれよう。

「できるのか、おぬしに」

居合は敵中深く踏みこまねば勝負にならぬ。

――敵刀我肋一寸を切り懸かるとき、我刀早くも敵の死命を制するなり。

新陰流の剣理にもあるとおり、生き残るためには相討ち覚悟で果敢に飛びこまねばならぬのだ。

「まいる」

求馬は滑るように足を運び、無心で生死の一線を踏みこえた。

勝負は一瞬、殺気は微塵(みじん)もない。

流れのままに抜刀し、巧みに脇を擦り抜ける。

「ぬぐっ」

擦れちがいざま、肉を裂いた感触があった。

巌起坊が驚いた顔で身を捻る。

すると、脇腹が真一文字に裂けた。

夥(おびただ)しい血が流れても、大入道は倒れない。

小腸(ひゃくひろ)をぞろぞろ床に引きずりながら、錫杖を振りまわす。

――がつっ。

棟区(むねまち)で受けるやいなや、身ごと吹っ飛ばされた。

どうにか身を起こしたが、国光は手から離れている。

「ふふ、同じ手が通用するとおもうなよ」

やにわに、錫杖が振りおろされてきた。
――どしゃっ。
木っ端が散り、床に穴が開いた。
転がって避け、濡れ縁へ逃れる。
「逃すか」
巌起坊が猛然と迫ってきた。
血走った眸子を見開き、錫杖を大上段に振りかぶる。
求馬は迫力に気圧され、脇差を抜くこともできなかった。
「これで仕舞いじゃ」
発しながらも痛みに顔を歪め、ほんの一瞬、大入道の動きが止まる。
と、そのとき。
――びん。
至近に弦音が響いた。
背後の篝火がごおっと音を起て、伽藍に旋風が巻きおこる。
恐る恐る見上げれば、双眸を炯々とさせた巌起坊が彫像のごとく固まっていた。

額のまんなかには、矢が深々と刺さっている。

振りかえると、篝火のそばに細い人影が立っていた。

「志乃さま」

呼びかけても、返答はない。

わたしの手を煩わせるでないと、声を出さずに叱りつけてくる。

「……か、かたじけのうございます」

求馬が礼を口にするや、志乃はくるっと踵を返した。

颯爽と胸を張り、参道を足早に遠ざかっていくのである。

まるで、芝居の山場に満を持して登場する立役のようではないか。

感謝だけでなく、少々の口惜しさも感じてしまう。

求馬は立ちあがり、床に転がった国光を拾いあげた。

巌起坊は錫杖を掲げ、立ったままでこときれている。

「釈迦如来も嘆いておられよう」

求馬は御本尊に祈りを捧げ、濡れ縁から参道へ飛びおりた。

十三

鬱陶しい梅雨もようやく明け、暑い夏がやってきた。

求馬は今日も変わらず、腐りかけた鯛を睨んでいる。

秋元屋敷の庭に並んだ紫陽花は枯れ、みる影もない。

七変化(しちへんげ)の別称どおり、萼(がく)の色は濃い紫から次第に薄紅色や空色へと変わっていった。

渡り鳥は紫陽花の色の移ろいを空から眺め、南へ渡る時季を推しはかるという。まことであろうか。鳥になってみなければわかるまい。

雨林寺の一件から四日のあいだ、志乃とは会ってもいなかった。

風見は快復までしばらくかかるようだが、見舞う気はさらさらない。

「こたびの勝負は五分だな」

伝右衛門の裁定に、納得できようはずもなかった。

が、密命をきちんと果たしたかどうかは、自分でもよくわからない。

志乃の助けがなければ、雨林寺の本堂で確実に頭をかち割られていた。みずからの力で巌起坊を成敗したとは言えず、少なくとも風見を出し抜いたという感覚はなかった。

墓所の片隅に建つ古い土蔵を開けてみると、おもったとおり、赤穂塩は何処かへ移されたあとだった。責め苦に屈した九十九屋によれば、貯めてあった塩はすべて川へ流したという。

証しを摑まれぬためなら、背に腹は替えられぬとのことらしい。貴重な塩を捨てても塩相場の高騰を演出することはできるし、新たに仕入れた赤穂塩でぼろ儲けできると算盤を弾いていたのだ。

九十九屋庄吉は重々不届きにつき斬首、一代で大きく肥った店は闕所の沙汰を下されるはこびとなった。

「天網恢々疎にして漏らさず」

室井作兵衛は満足げに言ったそうだが、今のところ、求馬は慰労してもらえそうもない。

南雲五郎左衛門は、何処へ行ったのか。

朝方に顔をみせたきり、戻ってくる気配もなかった。

「ぷふう」

座っているだけでも、額に汗が滲んでくる。

永遠にも近い苦行がつづき、杏色の夕陽がようやくかたむきかけてきた。

――ぼん、ばりばり。

聞こえているのは、花火の爆ぜる音であろうか。

「そう言えば、今日から川開きであったな」

志乃とふたりで両国橋へ向かい、夏の夜空に咲く大輪の花を愛でる日は訪れるのだろうか。

もちろん、志乃を納得させられるだけの実力を備えねば無理なはなしだ。

矢背家に婿養子として迎えられ、旗本となって千代田城へ出仕する。晴れて鬼役となり、独り立ちのできる日を、近頃では夢に描いてみたりもする。

「はたして、おぬしにできようかな」

鯛が眸子をひっくり返し、嘲笑ったようにみえた。

この数日、鯛の気持ちになってつぶやいている。

会話を交わす相手を求めているのかもしれない。

「おぬしは、ようやった」

巌起坊も日置主水もこの世から消え、九十九屋にも重い罪が科されるのだ。

「小柳誠之助と妻の初枝は、きっと感謝しておろうぞ」

鯛も言ってくれたとおり、それこそが唯一の褒美であろうし、人を斬って業（ごう）を背負ったことへの見返りかもしれない。

「今ごろ、夫婦は仲良く手を繋ぎ、両国橋に立っておろうぞ」

求馬は感極まり、潤んだ眸子で鯛をみつめる。

――ぼん、ばりばり。

またもや、遠くで花火が爆ぜた。

夜空を彩る大輪の花は、紫陽花なのかもしれない。

「のう、そうなのであろう」

求馬が問いかけても、鯛はこたえてくれなかった。

蠱毒(こどく)

一

水無月(みなづき)十日、夕方になっても江戸は茹(う)だるような暑さに包まれている。

断売(たちう)りの西瓜(すいか)を欲しつつも、求馬はいつもより晴れやかな気分だった。

指南役の南雲五郎左衛門が、新たに毒味の所作と膳立てを教えてくれたからだ。

小豆移しと睨み鯛に明け暮れていた身にすれば、格段の進歩である。

南雲に朝の挨拶を済ませた直後のこと、秋元屋敷の若い用人が綱吉公に供するのと同様の膳を運んできた。

「よいか、一度しかやらぬぞ」

南雲は威厳のある声を放ち、背筋を伸ばすや、懐紙で鼻と口を巧みに隠した。

そして、杉箸を右手に持つと、さり気なく一の膳のつみれ汁に取りかかった。音はいっさい起てずに呑み、塗りの椀を置く仕種さえも一幅の絵を観ているようだった。毒味は平皿から小鉢やお壺へと流れるようにすすみ、平目の刺身、青鷺の煮物、車海老の付け焼き、あるいは、胡瓜や根菜の酢の物まで、あっという間に食されていったのである。

さらに、二の膳においては、献立の定番らしき鱚の塩焼きと付け焼き、鰭に化粧塩の施された鮎の塩焼きなどが供された。薄塩仕立ての汁は旬の鱸に木の芽和え、置合わせは蒲鉾とほんのり甘い玉子焼、お壺には珍味の鱲子なども見受けられた。

豪華な料理もさることながら、求馬が目を釘付けにされたのは、やはり、南雲の美しい所作であった。

「料理に息が掛かるは不浄。膳には睫毛一本も落としてはならぬ」

ぼそっと発せられる台詞も、一言一句漏らさず耳に焼きつけねばならない。

南雲の毒味は淡々とすすみ、いよいよ鯛の尾頭付きの番になると、求馬は膝を乗りださずにはいられなくなった。

「骨取りは鬼役の鬼門なり」

やらねばならぬことは定まっている。鯛のかたちをくずさずに背骨を抜き、丹念に小骨を取っていく。しかも、素早く的確にこなさねばならず、まんがいち小骨ひとつでも取り残せば、大事に至らぬともかぎらない。

ただでさえ過敏な反応をみせる綱吉のこと、小骨が喉に刺さっただけでも大騒ぎし、切腹を申し付けられることになるやもしれなかった。考えただけでも、箸を持つ手が震えてくる。睨み鯛の修行も、本番で肝を据えるための鍛錬なのだと、求馬はあらためておもい知らされた。

南雲は盲目であるにもかかわらず、箸の先端で器用に身を探りながら背骨を抜き、鯛の頭、尾、鰭の形状をほとんど変えず、骨抜きの尾頭付きにしてみせた。

すべて終わるまで、四半刻（三十分）も掛かっておるまい。

文字どおり、神業をみせられているようだった。

求馬は感嘆を通り越し、息をするのも忘れていたのである。

「研鑽せよ」

南雲が箸を置いて部屋から去ったあと、求馬は終日、瞼の裏に焼きつけた所作を繰りかえした。

最初から上手くいくわけもないが、骨取りも苦にはならなかった。

南雲に一歩でも近づきたいと念じつつ、新たな挑戦に喜びを感じながら一日を過ごした。

満たされた心持ちで下谷練塀小路の組屋敷へ戻ってくると、空き地のほうから子どもたちの歓声が聞こえてきた。

「わあぁ」

時折、剣術の稽古をつけてやる空き地は雑草が伸び放題となり、屈めば大人でも隠れてしまうほどだ。子どもたちは炎天を避けるために、たいていは大きく枝を広げた欅(けやき)の木陰に集まっている。

「弱虫め、吠えてみろ、ほれ、わんわん……」

欅の幹を背に抱え、小柄な男の子が大勢にいじめられていた。

「松太郎ではないか」

隣人の男の子をいじめているのは、求馬が稽古をつけたことのない連中のようだ。近所に住んでいるので、素姓の見当はつく。無役の小普請組(こぶしんぐみ)で燻(くすぶ)っている御家人の子弟たちにちがいない。

「……太鼓、太鼓、おぬしの父は太鼓侍。やーい」

どうやら、松太郎の父親を莫迦にしているらしい。

相手が子どもでも、厳しく叱ってやらねばなるまい。

求馬は足を向けたが、おもいなおして踏みとどまった。

「あの子には侍らしく、強く育ってほしい」

父である常田松之進の真剣な顔を思い出したのだ。

一粒種の松太郎には、丈夫な大人になってくれることだけを願っているという。

学問や剣術は人より劣っていてもかまわぬし、無理をして誰かと出世を競ってほしくもない。ただ、からださえ丈夫でいてくれたら、それだけでかまわぬと願うのは、幕臣の父親にしてはめずらしいかもしれぬが、子をおもう親の本音としてはわかるような気もする。

「負けるな、松太郎」

求馬はつぶやき、空き地に背を向けた。

薄暗い家に戻っても、待つ者はいない。

さっそく、板の間に空の箱膳を引きよせると、求馬は自前の箸を持ち、南雲の所作をまねてみる。

「あの所作は……」

一朝一夕で修得できるものではない。視力を失ったあとも、血の滲むような鍛錬を繰りかえしたのであろう。茶席で茶の湯を点てる名人や能舞台で能や狂言を演じる名人にも通じるものがあった。南雲が身をもって教えてくれた所作は、鬼役が成し遂げることのできる最高峰の技が集約されたものにほかならない。

「……あの域に達したい」

椀や平皿や小鉢に盛られた馳走を思い出し、求馬は箸の付け方を反芻する。ひとつのことに凝りだすと、とことんまでやり尽くさねば気が済まぬ。生来の性ゆえ、如何ともし難く、時の経過も忘れてしまった。

――ぐう。

腹の虫が鳴きはじめる。

暗い天井を睨み、ほっと溜息を吐いたところへ、誰かが訪ねてきた。

表口へ出てみると、松太郎がしょんぼり立っている。

何と、顔を墨で塗りたくられていた。

「どうした、その顔は」

涙を流したところだけが、くっきりふた筋になっている。

いじめっ子たちにやられたとは言わず、松太郎は黙って突っ立っているだけだ。

「こっちにこい」

土間の片隅に連れていき、瓶から水を汲んで顔を洗わせた。

「今日がはじめてか」

「……い、いいえ」

「いじめられておること、父上や母上に知られたくないのか」

ほかに行くところもなく、ここへやってきたのだろう。

「そうなのか」

「……は、はい」

「相手は小普請組の子弟たちだな。おぬしより、ふたつか三つ年上のはず。どうして、目の敵にされておるのだ」

「生意気だからだそうです」

「ふふ、さようか」

求馬が笑ってみせると、松太郎はきっと目を剝いた。

「何が可笑しいのですか」

「いやなに、そちはなかなか見込みがある。年上の連中から生意気だとおもわれるくらいが、ちょうどよい。何を隠そう、わしもそうであった」

「えっ、お師匠さまも」

「ああ、そうだ。年上の連中から目の敵にされてな。それでも、けっして筋は曲げなかった。それゆえ、毎日、生傷だらけさ」

「へえ」

松太郎は眸子を爛々とさせる。

求馬は煤けた天井をみつめた。

「わしもな、強くなりたいと、いつも願っておった」

強くなって、いじめっ子たちをやっつけてやりたい。

「一度だけ、父上にこっぴどく叱られたことがあってな。あるとき、徒党を組んでいじめる連中に我慢できなくなり、棒きれを拾って振りまわした。そのはなしを小耳に挟んだ父上は、わしを門の外に正座させたのだ」

松太郎は身を乗りだす。

「お父上は何と仰せになったのです」

「『喧嘩は素手でやれ、道具を使ってはならぬ』と仰った。『相手を傷つければ、自分も傷つく。ぜったいに使ってはならぬ』と、父上はお怒りになり、霜月の凍てつく晩であったが、正座を命じられたまま、明け方まで許してもらえなんだ」

「まことでござりますか」

えらく感じ入った様子の松太郎に、求馬は微笑みかける。

「ご両親を大切にせよ」

「はい」

「よし、行け」

松太郎はぺこりと頭をさげ、門から飛びだしていった。

常田松之進と妻女の福は、子の成長を何よりも楽しみにしている。

両親の期待にこたえたいと、松太郎も懸命に強くなろうとしていた。

求馬が侍の子弟たちに教えたいのは、行儀作法や剣術の技量だけではない。

何よりも、相手をおもいやる心がいかに大切かを教えたかった。

ふたたび箱膳に向かうと、表口に別の者が訪ねてくる。

猿婆こと月草であった。

「お嬢さまの使いじゃ」

何か厄介事を頼まれるのではないかと身構える。

「案ずるな。明朝、船頭を頼みたいと、お嬢さまが仰せじゃ」

「船頭とは」

「不忍池へ蓮(はす)の花を愛でにまいるのじゃ。何故、おぬしなんぞ呼ぶのか、いっこうにわからぬ。ともあれ、ありがたいとおもえ」

ずいぶん偉そうな物言いだが、求馬は嬉しかった。

役目抜きで遊山を楽しむことなど、あり得ぬはなしだ。しかも、志乃と同じ船に乗ることができる。想像しただけでもわくわくしてきて、朝まで眠れそうにない気すらしてきた。

二

毎日池畔を歩いていながら、不忍池に小舟で漕ぎだすのは初めてのことだ。行く手を阻む濃い霧が晴れると、池の側から眺めた景色は格別に美しく、早朝のひんやりとした空気に触れれば、身も心も洗われたようになる。

「ほら、蓮の花」

水面を彩る薄紅色の花をみつけ、志乃は嬉しさを隠しきれない。

猿婆と船首に陣取り、指先を水面に泳がせなどしながら、船尾に立って棹を握る求馬に笑いかけてくる。

蓮の花は志乃自身なのではないかと、求馬は勝手に想像して頬を赤らめた。

不忍池は蓮見の名所として知られており、池畔には蓮の葉飯や田楽を食べさせる料理茶屋も軒を並べている。紅白の可憐な花を愛でようと、水面には小舟が何艘も行き交っていた。

下手をすれば舷と舷が触れてしまいかねず、船頭としては細心の注意を払わねばならない。

「船頭さん、あちらへ……いいえ、そちらではなく、あちらへ」

志乃はわざと意地悪な台詞を口走っては、けらけら童女のように笑いころげた。

少し腹も立ったが、からかわれているのが心地よく、同じ船に乗っているというだけで浮きたった気持ちにさせられる。

だが、しばらくすると、からかわれているだけではないことに気づかされた。

志乃は蓮の花を愛でつつも、とある一艘の蓮見船に油断のない眼差しを注いでいる。

ほかの船よりも少し大きく、舷も高いように見受けられるが、屋根船のように板で囲われているわけではない。その船と一定の間隔を保ちつつ、けっして離れぬようにと、志乃は声を出さずに指図してくる。

おもいきって、求馬は尋ねてみた。

「あの船には、どなたがお乗りなのですか」

「しっ、大きな声を出すでない」

志乃は人差し指を紅唇に当て、三白眼（さんぱくがん）に睨みつけてきた。

長い睫毛を瞬（しばたた）かせ、余計なことは聞かずに棹を操れと目顔で命じる。

気になって仕方ないので、じっくり観察してみると、ほかにも同じような蓮見船が何艘も浮かび、その船を守るようにまわりを囲んでいる。

要人を警固しているのだと、求馬は合点した。

御座船らしき船の船首に目を凝らせば、気儘（きまま）頭巾の女性（にょしょう）が座っている。

尼僧（にそう）なのか。

お忍びであることはあきらかだ。

勘ぐっていると、首筋にほんのりと甘い息が掛かった。

「えっ」

目と鼻のさきに、志乃が立っている。

「教えてほしいのか。あそこにおわすのはな、桂昌院（けいしょういん）さまじゃ」

「げっ、まことに」

「静かにせよ。大きな声を出すなと申したであろう」

志乃は絹のような滑らかさで離れ、船首へ戻っていく。

なるほど、ただの遊山ではなかったのだと理解した。

言うまでもなく、桂昌院とは公方綱吉を溺愛する実母のことだ。綱吉も母を敬慕し、音羽に護国寺を建立したり、母の進言で生類憐みの令を発布したとの噂もあった。護国寺の建立は二十年余りもまえのこと、当時の造営奉行であった秋元但馬守は、綱吉ばかりか桂昌院からの信頼も厚い。

志乃は秋元から直々に警固を命じられたのかもしれなかった。

ひょっとして、桂昌院は何者かに命を狙われているのだろうか。

あるいは、拐かしを企図する者がいないともかぎらない。たしかに、大勢の供奉衆を率いて城から出る綱吉よりも、お忍びで遊山に出掛ける母親のほうが容易く襲撃できよう。たとえば、桂昌院を人質に取れば、綱吉もたいていの要求は呑むであろうと、そんなふうに考える者があってもおかしくはない。

お忍びの蓮見で凶事が勃こるとはかぎらぬものの、念には念を入れて志乃が寄こされたのだとすれば、褌を締めて掛からねばなるまいと、求馬はおもった。

曙光が水面を煌めかせている。

弁天島の杜から、水鳥たちが羽ばたいた。

島のほうから、二艘の船が高速で近づいてくる。

妙だなと、咄嗟におもった。

船上に鮨詰めで座っているのが、むさ苦しい浪人どもだからだ。

志乃と猿婆も気づいていた。

「船頭、敵の正面に船を進めよ」

「はっ」

志乃に命じられて求馬は腕に力瘤（ちからこぶ）をつくり、櫂（かい）を使って懸命に漕ぎつづけた。

ほかの小舟も集まり、折りかさなる盾となって、桂昌院の御座船を守ろうとする。

「猿婆、桂昌院さまをお守りせよ」

「はい」

志乃に指図され、猿婆は船首の縁を蹴った。

ふわりと信じられぬほどの高さまで跳躍し、味方の船から船へ飛び移り、難なく御座船へ到達する。

迎えた侍女たちも、おそらく並みの者たちではあるまい。

猿婆ともども、桂昌院の周囲に簡易な砦（とりで）を築きあげる。

天井を覆った板状のものが、曙光にきらきら輝いた。

ただの板ではないらしい。

「海亀の甲羅じゃ」

軽くて固く、矢を完璧に防ぐのだと、志乃は誇らしげに胸を張る。

しかも、甲羅の表面には、何か滑るものが塗ってあるらしい。

「藻のぬるぬるじゃ」

「ぬるぬる」

興味を惹かれたが、暢気に会話を交わしている余裕はなかった。
十四、五人の刺客を乗せた船が目睫に迫っている。
少しも速度を弛めず、頭から突っこんできた。

――ずんっ。

斧と化した船首が、味方の船の横腹を破壊する。

「ふわああ」

浪人どもが船へ飛び移り、白刃を抜きはなった。

――どんっ。

さらに、もう一艘も別の船に激突した。

「殺れいっ」
浪人どもの半数は水に落ち、泳いで船縁に食らいつく。
対する味方の主力は、御広敷の伊賀者たちであった。
体術に優れており、食い詰め浪人の相手ではない。
数は半分に満たぬが、敵をつぎつぎに仕留めていった。
ところが、敵のなかに、とんでもなく強い者がふたりいる。
菅笠をかぶった船頭たちだ。
脇差を抜くや、伊賀者をいとも簡単に葬ってしまう。
というよりも、傷をいくら負っても動きが鈍らない。
血達磨になりながらも、伊賀者を斬りまくっている。
断末魔の悲鳴を聞きながら、求馬も剣戟のさなかに躍りこんだ。
志乃はいつの間にか、薙刀を握っている。
矢背家伝来の「鬼斬り国綱」であろうか。
「ぬりゃ……っ」
掛け声も勇ましく、真正面の浪人を真っ向から斬りさげた。
「ぎゃっ」

求馬も国光を抜いたが、容易に斬ることはできない。

突きかかってきた浪人を峰打ちにした。

「放て……っ」

敵船のほうから怒声が響き、矢を射る弦音が連続する。

――びんびん、びん。

「猿婆」

「はっ」

志乃の呼びかけに応じ、猿婆が「呰」を亀の甲羅ですっぽり覆う。

天空から落下した矢箭は、ことごとく弾かれてしまった。

志乃は船首を蹴って跳躍し、敵船に乗り移る。

間髪を容れず、矢を射た連中の首を刈った。

身軽なうえに隙がなく、微塵の容赦もない。

何とも、凄まじい手並みだ。

「ほれ、うしろ」

志乃がこちらに叫びかけてくる。

振り向くや、菅笠の船頭が斬りつけてきた。

峰に返す暇もなく、肩口を袈裟に斬りさげる。

――ばすっ。

肉ばかりか、骨を断った感触まであった。

ところが、死んだとおもった船頭が、すっと起きあがってくる。

「うわっ」

鼻先に迫った面相をみて、求馬はぎょっとした。

額のまんなかに「犬」という朱文字が刻まれている。

「うひひ」

船頭は不気味に笑い、袈裟に斬りつけてきた。

――ひゅん。

求馬は仰け反り、どうにか一刀を避けた。

「首じゃ、首を断て」

遠くで叫ぶ志乃も、もうひとりの船頭と対峙している。

そちらに気を取られた隙に、求馬は肩を浅く削られた。

「くそっ」

痛みに顔を歪め、右足にぐっと重みをかける。

船が大きく揺れ、不気味な船頭は平衡を失った。
前のめりになった瞬間、求馬は国光を斬りさげる。
――ばさっ。
刃音とともに、相手の首が落ちた。
首無し胴はこちらを向き、なおも斬りかかろうとする。
いや、目の錯覚だったのかもしれない。
胴は舷からずり落ち、水底に沈んでいった。
求馬は膝を屈し、荒い息を吐きながら首を捻る。
「たあっ」
志乃がちょうど、薙刀を振りあげたところだ。
船頭の首が三間余りも飛び、朝日に吸いこまれていった。
首無し胴はと言えば、二歩三歩と、つんのめりながら歩く。
舷から池にもんどりうつや、真紅の水飛沫が立ちのぼった。
水飛沫が収まると、あたりはしんと静まりかえる。
もはや、襲ってくる敵はいない。
生き残った伊賀者が、味方の屍骸を回収しはじめた。

求馬は志乃につづき、御座船の「砦」へ向かう。

向かったさきには、猿婆が侍女たちと控えていた。

亀の甲羅の隙間から、桂昌院が福々しい顔を差しだす。

「終わったのかえ」

のんびりとした口調で、そう言った。

片膝をついた志乃を目に留め、うんうんと頷いてみせる。

「八瀬のおなごじゃな。但馬から聞いておるぞ。大儀(たいぎ)であった」

「はっ。身に余るおことばにござりまする」

「そこな従者も、ようやったな」

桂昌院から声を掛けられ、求馬は船板に額(ぬか)ずくしかなかった。

「それにしても、何ということじゃ。わらわのせいで、蓮の花を台無しにしてしもうたわ」

命を落とした伊賀者たちのことよりも、花の心配をしているのか。

求馬は少し残念な気持ちになりながら、水面の惨状を睨みつけた。

三

志乃が首を飛ばした船頭の額にも「犬」の朱文字が刻まれていた。

芸州浅野家においては、盗人の前科を知らしめる証として、罪人の額に「犬」の字を入墨すると聞いたことがある。あるいは、京都八坂神社の氏子は幼子の無病息災を願って、額に赭で「犬」の字を書いて呪いにするという。

いずれも関わりはなさそうだ。

「あれは刃物で彫った傷じゃ。御霊移しの術を掛けられておったのやもしれぬ」

皺顔を寄せてきたのは、猿婆であった。

洛北の八瀬にあったころ、鞍馬山の山中で額に「犬」の朱文字が刻まれた行者をみたという。

「行者は鳥辺山で物の怪に取り憑かれたと言いおった。すぐに霊を抜かれるゆえ、側へ寄るなと叱りつける。近頃、洛中では不穏な死を遂げる者が多く見受けられるが、行者によれば、それらは物の怪に憑依された盗人どもの仕業とか」

行者はこの世のものともおもえぬ奇声を発し、木々の狭間を駆けまわった。

「おおかた、からだを奪おうとする物の怪と戦っておったのじゃろう。地べたに座って最後の力を振りしぼり、九字を切って呪を唱えつつ、仕舞いには刃物で自らの首を切り落としてしもうた。転がった首の表情は穏やかでのう、驚いたことに、犬の字が跡形もなく消えておったのじゃ」

猿婆は霊媒師のごとく、おどろおどろしげな口調で告げる。

行者が自刃を遂げたあと、洛中を震撼とさせる新たな出来事が頻発した。

「神隠しじゃ」

忽然と消えたのは武家の男の子ばかりで、齢はいずれも十二、三だったらしい。

「いまだ物の怪の正体はわからぬままじゃ。蠱毒を使う陰陽師が関わっているとの噂も囁かれたが、真偽のほどは定かでない」

蠱毒とは依頼者の怨敵を呪殺する毒のことで、猿婆が詳しく説いてくれた。

まずは、毒蛇と毒百足、毒蜘蛛と毒蝦蟇をひとつの壺に入れ、餌を与えずに共食いさせる。生き残った一匹を「蠱」と称し、生きたまま放って怨敵を嚙ませたり、黒焼きにして粉を振りかけたり、食べ物に混ぜて呑ませたり、怨敵の住む家屋の床下に埋めたりする。蠱毒を使えば怨敵はかならず死に、殺しを依頼した者は益を得るという。

「男の子の脳味噌を黒焼きにしたものが蠱の好物なのじゃと、さような噂が巷間にひろまった。それゆえ、物の怪は蠱の餌を探して逢魔刻に洛中を徘徊するというのじゃ」

骨を断たれても起きあがってくる相手と対峙しただけに、求馬は猿婆のはなしを聞きながすことができなかった。

はたして、桂昌院の命を狙ったのは、物の怪に憑依された者たちなのであろうか。

だとすれば、物の怪の正体は何なのか。

さすがの志乃も見当をつきかねているようだった。

一方、市中では捕り方装束の物々しい連中のすがたが目立つようになった。

桂昌院襲撃の報を受け、老中首座の阿部豊後守正武が南北町奉行に浪人狩りを命じたのである。

町奉行所の役人のみならず、火盗改や徒組の連中も動員され、寺の過去帳に記載のない無宿浪人には有無を言わさずに縄を打つものとされた。大勢の浪人たちを収容するための御囲も、深川の広大な葦原の一角に突貫で築かれた。あたり一面は蛭の棲息する湿地で、炎天を遮る建物の屋根は海風に飛ばされてしまいそうなほど薄いという。

「中野の犬小屋のほうが、ましらしいぞ」

そんなはなしも耳にするほどだったが、当の浪人たちは高札すら読んでおらぬのか、それとも気づかぬふりをしているのか、平然と市中をほっつき歩いていた。

桂昌院襲撃から十日後のことだ。

「なあに、へぼ役人なんぞに捕まりはせぬさ」

偉そうにうそぶいたのは、高垣嘉次郎と名乗る髭面のずんぐりした浪人者である。

甲斐国の徳美藩を治めた伊丹家の家臣であったが、今から五年前、殿さまがどうしたわけか厠で自害し、みっともない顚末が表沙汰にされて改易となったあおりを受け、食い扶持を失ってしまった。

「失心した馬鹿殿のせいで、わしは五年も飲まず食わずの暮らしをつづけておる。仕官の道など、疾うにあきらめたわい」

高垣とは、たまさか立ち寄った魚河岸の一膳飯屋で知りあった。見世の主人にただ食いを疑われ、刀を抜こうとしたところへ、求馬が止めにはいったのだ。

高垣は酒をかなり呑んでおり、懐中には銭六文しか持っていなかった。

理由を質(ただ)せば、三途(さんず)の川の渡し賃だけは取っておきたかったという。

求馬が呑み代を立て替えてやると、拝むような仕種をしながら従(つ)いてきた。

撒(ま)こうとしても、ぴったりくっついて離れない。

歳(とし)は十ほど上であろうに、へりくだった物言いをする。

「伊吹どの、助けてもらった御礼に、ちとお連れしたいところがある。どうであろう、おつきあいいただけぬか」

むさ苦しい熊男に潤んだ目で懇願されれば、無下(むげ)に拒むわけにもいかない。

人が好すぎると言われればそうかもしれぬが、おのれも吹けば飛ぶような御家人だけに、食い詰め浪人の惨めな気持ちは痛いほどわかる。浪人狩りの触れには秋元但馬守も老中として賛同したはずなので、秋元にも反感を抱いているほどだった。

正直、高垣のような浪人たちへの同情を禁じ得ない。桂昌院が襲われたのは一大事だが、関わりのない浪人にまで縄を打つのはやり過ぎではないのか。

高垣に従いていく気になったのは、そうした気持ちもはたらいたからだ。

鎧(よろい)の渡しから小舟を仕立て、日本橋川から大川へ出た。さらに、大川を突っ切り、小名木(おなぎ)川へ舳先(へさき)を入れる。

いったい何処へ行くのかと聞いても、高垣はへらへら笑うだけでこたえない。

よいところだから楽しみに待っておれと言われ、求馬はそのことばを信じた。

船は小名木川を東へ漕ぎ進み、新高橋を過ぎたところで左手の桟橋へ近づいた。

右手奥は広大な葦原、一角には浪人たちを収容する小屋が建っているはずだ。

そちらではなく、左手の猿江町にある摩利支天へ向かう。

摩利支天の裏手に孟宗竹の竹藪があり、竹藪の奥へ分け入っていくと、怪しげな洞穴の入口へ行きついた。

「ふふ、ここを知る者はそうおらぬ。崖に掘られた洞穴だぞ。夏は涼しいところだ」

正午過ぎだが、あたりは薄暗く、何やら薄気味悪い。

「さあ、遠慮するな。こっちに来い」

高垣に誘われ、勇気を出して洞窟に踏みこんだ。

涼しいというよりも、背筋がぞくっとする。

何やら、瘴気のようなものが漂っていた。

「吸ってみろ」

吸いたくなくても、濃い煙が鼻や口からはいってくる。

ただの煙ではない。深く吸うと、頭がくらくらしてきた。

「蠱を燻す阿芙蓉の煙じゃ」

「えっ、阿芙蓉とは何だ」

「朝鮮渡りの媚薬を知らぬのか。嗅げば極楽へ昇天できようぞ」

高垣の声が遠ざかり、足が縺れて転んでしまう。

脛を岩にぶつけて血が流れたが、痛みはまったくない。

からだがふわりと持ちあがり、雲のうえを歩いているかのようだ。

「どうせ、おぬしも同じ穴の狢、それゆえ、誘うてやったのさ」

ふらついた足取りで、奥へ奥へと進む。

しばらくすると、おぞましい唱和が聞こえてきた。

「あんたりをん、そくめつそく、ぴらりやぴらり、そくめつめい……」

「……な、何だ、あの声は」

「ふふ、怨敵を金縛りにする呪文さ。いざなぎの太夫たちが唱えておる」

「……い、いざなぎの太夫」

狭い隧道を抜けると、岩に囲まれた広い空間に出た。

足許は煙でみえず、奥のほうに祭壇が築かれている。

輪になって祭壇を囲んでいるのが、太夫たちであろう。

いずれも白の浄衣を纏い、五色の幣を垂らした花笠をかぶっていた。

結界には幣や紙垂をあつらえた注連縄が張りめぐらされ、神楽幣を持った太夫たちは胡座を掻いて円座を組んだまま、身をゆったり左右に揺らしつづける。そして、独特の抑揚をつけながら祈禱を唱えた。

「……ざんざんきめい、ざんきせい、ざんだりひをん、しかんしきじん、あたらうん、をんぜぞ、そくぜつ、うん、ざんざんだり、ざんだりはん」

よくみれば祭壇には、十二、三の男の子が仰向きで寝かされている。

生死は定かでなく、顔もからだも白く塗られ、唇だけに紅が差されていた。

ふと、求馬は猿婆のはなしをおもいだす。

行者に憑依した物の怪のはなしだ。

蠱毒を使い、怨敵を呪殺する。

「……お、陰陽師か」

太夫たちは一斉に立ちあがり、物狂いになったかのごとく舞いはじめた。

「ふほはは、舞いあげじゃ」

高垣は正気を失い、みずからの頭を岩に打ちつけた。

額に血を流しながらも、笑いつづけているのである。
祭壇の手前には、太夫のひとりが立っていた。
右手に高々と掲げているのは、鉈にちがいない。
仰臥した童子に向かって、鉈を振りおろそうとしているのだ。
待て、やめろ。
止めようとしても、声を出せない。
背後から、突如、誰かに叱責された。
「おぬしは何者じゃ」
振り向くと、鋭い眼光で上から覗きこまれる。
——物の怪。
「うわっ」
刀を抜こうとするや、後ろ頭に衝撃をおぼえた。
岩であろうか、何か固いもので撲られたのだろう。
薄れる意識の隙間に、高垣の髭面が見え隠れする。
「……ど、どうして」
求馬の意識は、暗い沼底へ沈んでいった。

四

娑羅(さら)の葉に溜まった朝露を飲み、乾いた喉を潤した。
少し歩くと、大きな池の畔(ほとり)へ出る。
見慣れた風景だ。
「あそこに浮かぶのは……」
弁天島ではあるまいか。
水面は曙光に煌めいている。
怪しい洞窟のなかで気を失ったのは、昨日の出来事なのだろうか。
ずきずきと、頭の後ろが痛みだす。
撲ったのは食い詰め者の高垣なのか、よくわからない。
物の怪とおぼしき相手に、おぬしは誰だと問われた。
こたえる暇もなく、固いもので頭を撲られたのだ。
どうして生かされたのか、妙と言えば妙であった。
しかも、誰がどうやって、ここまで運んでくれたのか。

問いがつぎつぎに浮かび、頭が割れるほど痛くなってきた。

太夫と呼ばれる花笠の連中や祭壇に寝かされた童子は、実際に目にした光景だったのか。記憶は曖昧模糊としている。それを確かめるべく、洞窟へ戻る気力もない。高垣に「阿芙蓉」と告げられた煙を吸ったせいなのか、からだが石でも呑んだように重く、まっすぐ歩くことさえできなかった。

それでも、どうにか足を引きずり、下谷練塀小路の組屋敷へ戻った。

「伊吹どの、どうされた」

声を掛けてきたのは、隣人の常田松之進である。

登城を促す太鼓役ゆえ、裃姿で出仕するところだ。

「福、おい福」

常田が奥に呼びかけると、妻女の福が小走りにやってきた。

「伊吹さまに朝餉を……熱い味噌汁を差しあげてくれ、頼んだぞ」

求馬のすがたを一見しただけで、異変を察したのであろう。常田はそれだけを言い置き、家をあとにする。

求馬は後ろ姿に頭を垂れ、ふらつきながらも家の門を潜った。

隣人の親切に触れたおかげか、空きっ腹であることを思い出す。

福が手早く朝餉の膳をこしらえ、息子の松太郎にも手伝わせて、部屋まで運んできてくれた。

「めざしにとろろに浅草海苔、お付けの実は豆腐と千住葱、ご飯のお代わりはいくらでも。遠慮せずに仰ってね」

福はしゃっきりとした口調で言い、満面の笑みを浮かべる。商家の出ゆえか、武家娘にありがちな恥じらいや遠慮というものがない。気を遣わずともよいので、弱っている身にはありがたかった。

さっそく、椀を手に取り、味噌汁に口をつける。

ひとくち啜った途端、温かみがじんわりと伝わってきた。

「……か、かたじけない。生きかえった心地がいたします」

感極まって涙ぐむと、福は驚いたように笑いだす。

「何を大袈裟な。たかがお付け一杯のことですよ。ねえ、松太郎」

隣に座る松太郎は、母のことばなど聞こえておらぬのか、さきほどからこちらの顔を穴が開くほどみつめている。

いったい、何があったのか。

どうして、落ちこんでいるのか。

そのあたりのはなしを、根掘り葉掘りどうやって聞きだそうかと、子どもなりにあれこれ策を練っているようにもみえた。

母子の眺めているまえで、求馬はぺろりと膳を平らげた。

「いつもと変わらぬご様子、安堵しましたよ」

福はほっと溜息を吐き、松太郎の頭を撫でる。

やはり、飯を食べる気力だけは残っていたらしい。

礼を述べて、ふたりがいなくなると、横になりたくなった。

薄い褥をのべて身を横たえた途端、気を失ったようになる。

夢もみずに眠りつづけ、ようやく目を覚ましたときには、格子窓から西陽が斜めに射しこんでいた。

「……ま、まさか」

夕方ではあるまいな。

がばっと褥から起きあがると、ちょうど、松太郎がやってきたところだ。

「お師匠さま、お加減はいかがでしょうか」

母に言いつけられ、茶漬けを持ってきてくれたらしい。

「すまぬな」

ぺこりと頭をさげるや、額のあたりに激痛が走った。

「ぬうっ」

両手で額を掻きむしり、くわっと顔を持ちあげる。

「うわっ」

松太郎が仰天し、茶漬けを土間に落としてしまった。

茶碗が欠け、汁が飛び散る。

「熱っ」

松太郎は叫んだ勢いのまま、独楽鼠のように逃げ去った。

「いったい、どうしたのだ」

求馬は土間に降り、欠けた茶碗を片付けはじめる。

額がまた痛みだしたので、土間の片隅に向かった。

格子窓越しに、夕陽の欠片がこぼれてくる。

水瓶の水面に顔を映し、求馬はぎょっとした。

「……こ、これは」

額に「犬」の朱文字が浮かびあがっているのだ。

――あんたりをん、そくめつそく、ぴらりやぴらり、そくめつめい……

おぞましい唱和が耳の奥に響いている。

注連縄の張りめぐらされた結界、踊りつづける花笠の太夫たち、おぞましい祭壇に寝かされた紅唇の童子、それらの情景がきれぎれに浮かんでは消え、こんなところに居てはいけないという気にさせられる。

求馬は家を飛びだし、夕まぐれの町へ紛れこんだ。

擦れちがう人々がみな、あからさまに避けていく。

どれだけ避けられようが、わずかも気にならない。

自分が伊吹求馬であることすらも、曖昧になっていく。

何者かの強い意志の力によって、背中を押されていた。

——おぬしは狩人じゃ。獲物を求めよ。

さきほどから、何者かがしきりに耳の奥へ囁きかけてくる。

気づいてみれば、暮れなずむ四ツ辻のまんなかに立っていた。

「御用、御用」

何故か、捕り方装束の連中に囲まれている。

待て、わしが何をした。

胸の裡で叫んでも、捕り方には通じない。

じりじりと囲いを狭められ、二進も三進もいかなくなった。

刺股や突棒や袖搦などの三つ道具もみえる。

やがて、御用提灯も点けられた。

提灯の襖に四方から迫られ、目を開けてもいられない。

どうして、わしを捕らえようとするのだ。

我慢できなくなり、腰の刀に手を掛けた。

ところが、腰に刀がない。

帯に差してあるのは、木刀だった。

それが不幸中の幸いかもしれない。下手に捕り方を傷つければ、極刑に処せられるからだ。

「それ、捕まえろ」

突きだされた三つ道具を木刀で弾き、素手で摑んでは奪いとった。

が、武装した大勢を相手に、いつまでもつづけられるはずはない。

「それ、今だ」

左右から梯子が伸びてきた。

前後からも梯子が伸び、首や胴を挟まれ、完全に動きを止められる。

「観念せよ」

正面から偉そうに押しだしてきた塗りの陣笠は、町奉行所の与力であろう。

「痩せ浪人め、手こずらせるでない」

ちがう、浪人ではない。

求馬は必死に抗い、みずからの素姓を告げようとした。

しかし、名が出てこない。

必死になればなるほど、記憶の闇に沈んでしまう。

「おぬしは芥じゃ。お江戸に芥が増えれば、まっとうな人々がまともに暮らせぬようになる」

まっとうな人々とは何だ。いったい、誰のことなのだと、胸中に叫びつづけた。

与力にとってみれば、眸子を怒らせた浪人が足掻いているようにしかみえなかったにちがいない。

求馬はまるで、罠に掛かった野獣であった。

「神妙にしろ。御上に逆らえばどうなるか、教えてやる」

陣笠の奥で、与力の双眸が光った。

――ばこっ。

おそらく、十手で額を割られたのであろう。

痛みを感じる暇もなく、求馬はその場にくずおれた。

五

猿轡まで嚙まされ、たいした調べもなく、葦原の一角へ連れてこられた。

突貫で建てられた御囲は屋根こそ薄いものの、四方は高い塀で囲まれている。

根来衆とおぼしき鉄砲組も配されているらしく、容易には脱出できそうにない。

桂昌院襲撃からまだ十日ほどしか経っておらぬのに、何年もまえから築かれていたかのようでもある。

求馬は麻の仕着せに着替えさせられ、大部屋のひとつに放りこまれた。

部屋内は板壁に囲われており、出入口だけに格子が嵌まっている。

「新入りだぞ」

急ごしらえの「牢役人」がいれば、ふんぞり返った「牢名主」らしき先達もおり、噂で聞いたことのある小伝馬町の牢屋敷に通じるものを感じた。

収容されている者の数は、この大部屋だけでも五十人は超えていよう。同じような大部屋が最低でも十はあるという。満杯で五百人、それだけの数を食わせるだけの飯が用意されているかどうかは、はなはだ疑わしいかぎりだ。

役人どもがいなくなると、さっそく「牢名主」が錆(さ)びついた声を放った。

「おぬし、名は」

からだが牛並みに大きな男だ。何枚も重ねた畳のうえで偉そうに胡座を掻いている。

高みから見下されても、求馬は平然と名乗りあげた。

額に触れてみると、痛みは消えている。「犬」の朱文字も消えたにちがいない。

自分が何者なのか、どういう経緯で連れてこられたのか、今なら明確にこたえられよう。ただし、余計な刺激は与えまいと、幕臣であることは黙っておいた。

「わしは権田原(ごんだわら)権之介(ごんのすけ)じゃ。くはは、強そうな名であろう。百人からの手下をしたがえ、上野(こうずけ)や下野(しもつけ)の百姓地を荒らしまわったこともある。人も大勢殺したぞ。役人どもには隠しておるがな、わしは野武士の首領なのじゃ」

月代も髭も伸び放題で、二の腕は丸太のように太い。鋭い眼光で睨(ね)めつけられれば、たいていの者は縮みあがってしまうだろう。なかには、権田原にごまをすって恩恵に与(あずか)ろうとする者もおり、大部屋に集められた連中はみな、侍ではなく、盗人や破落戸(ごろつき)にしかみえなかった。

「おぬし、何をやった」

権田原に問われ、求馬は首を横に振る。

「罪は犯しておらぬ」

「くはっ、偉そうに。罪は犯しておらぬじゃと。それで済まぬのが元禄の世、無宿者は生きておるだけで罪になるのじゃ。勘違いするなよ、ここは牢獄ぞ。いや、墓場と言うてもよかろう」

格子の内に入れられたら、もはや、侍ではないという。

「扱いは御犬さまより下であろうな。それでも、一日に一度は餌を与えられる。固い物相飯(もっそうめし)じゃ。餌の奪い合いで負けたら仕舞い、まかりまちがっても、ここから生きて出られまい」

権田原は凄(すご)むだけ凄んでみせ、黄ばんだ乱杭歯(らんぐいば)を剝きだす。

「ところで、伊吹とやら、ツルは持ってきたか」

「ツルとは何だ」

問いかえすと、周囲に失笑が沸きおこる。

「くはっ、ツルも知らぬとはな。命を繋ぐ蔓のことじゃ」

「金なんぞ、あるわけなかろう」

「ほっ、そうきたか。だったら、小伝馬町の無宿牢並みにキメ板にかけて詰めの掟を教えこむしかなかろうよ」

手下らしき四人が立ちあがり、有無を言わさずに襲いかかってくる。

求馬はひとり目の腕を摑んで投げ、ふたり目は足払いにして頭を床に叩きつけた。さらに、三人目は首を抱えて絞め落とし、四人目は巴投げで板壁まで投げとばす。

柔術のおぼえがあるので、素手でも負ける気がしない。

「ふうん、なかなかやりおる」

権田原は立ちあがり、畳からのっそり降りてきた。

どしん、どしんと四股を踏み、力士のように身構える。

「はっけようい」

手下のひとりが唸りあげた。

だが、権田原は突進してこない。

替わりに五人の手下が求馬の三方を囲み、懐中に呑んだ匕首を一斉に抜いた。

「寝込みを襲って睾丸を踏みつぶし、作造りにしてくれようとおもうたが、それも面倒じゃ。大部屋でひとりやふたりくたばっても、ツルを余計に握らせれば、木っ端役人どもはみてみぬふりをしてくれよう。どうせ、このうちの半分は餓死させられる運命なのじゃ。さきに死なせてやっても罰は当たるまい」

権田原は唾を飛ばし、手下どもをけしかける。

「殺れっ」

「わああ」

五人が束になって掛かっても、一流の奥義を究めた求馬にはかなわない。

ひとりは手刀で喉を潰され、別のひとりは鳩尾に蹴りを入れられた。三人目は拳で鼻を陥没させられ、四人目は顎を砕かれる。五人目は及び腰で匕首を振りまわした途端、腕を取られて粗朶のようにへし折られた。

あまりの見事さに、ほかの連中はぽかんと口を開けている。

「おぬしら、まことに侍なのか」

求馬は吐きすて、権田原を睨みつけた。

権田原は低く身構え、床を蹴りつける。

「ぐおお」

大声で威嚇（いかく）しながら、頭から突っこんできた。

求馬は絶妙の機を捉え、すっと身を横にずらす。

爪先を差しだすと、権田原の足が引っかかった。

どっと前のめりに倒れ、格子に激突する。

振り向いた権田原の額は、ぱっくり割れていた。

流れる血を袖で拭い、三白眼に睨めつけてくる。

「くふふ。捕まえたら、わしのものじゃ」

「よし、来い」

求馬は逃げず、敢えて権田原に組みついた。

その瞬間、袖を持たれて投げとばされる。

「うっ」

背中から床に落ち、息が止まりかけた。

さすが牛男、膂力（りょりょく）は強い。

「ふん、その程度か」

権田原に襟首を摑まれた。

引きおこされた勢いを借り、顔面に頭突きを食らわせる。

「ぬぐっ」

権田原は鼻血を垂らしながらも、右の拳を振りあげた。

――ばこっ。

頬を撲られ、板壁まで吹っ飛ばされる。

「やったぞ、さすが牢名主さまじゃ」

手下どもは喝采し、ほかの連中も熱くなってきた。

「起きろ、やっちまえ」

見世物と同じだが、負けるわけにはいかない。

「ぺっ」

求馬は折れた歯を吐き出し、ゆっくり起きあがった。

それから、おおよそ半刻ほど、ふたりは面相が判別できなくなるまで撲り合い、
仕舞いには床に大の字で伸びた。

「もう駄目じゃ、動けぬ」

弱音を吐いた権田原は手下の介抱を受けたが、求馬を助けようとする者はいない。それでも、誰ひとり手は出さず、死んだように眠って翌朝に目覚めたときも、作造りにされかけた様子はなかった。

顔もからだも、打ち身のせいで青黒く変色している。

少し身を起こしただけでも、骨や筋が軋むように悲鳴をあげた。

権田原の顔も酷い。だが、畳のうえには座りつづけている。

精気を取り戻したのか、陽気に声を掛けてきた。

「小僧、目を覚ましたか。なかなか、しぶといやつだな」

「それだけが取り柄でな」

「わしと賭けをせぬか」

「ん」

「おもしろい賭けだぞ。もうすぐ、物相飯が五十人ぶん運ばれてくる。そいつをすべて食うことができたら、畳のうえに座らせてやる。どうじゃ、わしの替わりに牢名主になれるというわけだ。ただし、食えなかったら、手下にする。わしの足を嘗める役じゃ。ついでに、糞も食らってもらう。白いおまんまの代わりに、毎日、糞を食らう羽目になるというわけじゃ。くふふ、どうする」

「やろう」

求馬は躊躇なく、即答してみせた。

権田原のみならず、ほかの連中も驚いたような顔をする。

ふつうの者ならば、勘弁してほしいと懇願するところだ。

求馬があまりに潔いので、面食らったのであろう。

しばらくすると、物相飯がつぎつぎに運ばれてきた。

六

おかずは沢庵二枚だけ、味噌汁もつかない。

畳が床に何枚か敷かれ、物相飯が端から順に並べられた。

腹は減っているのだろうが、求馬の挑戦を眺める楽しみのほうが勝っているのか、浪人どものなかで不平を口にする者はいない。

一方、役人たちも何がはじまるのかと、格子の外で期待しながら眺めている。

「よし、はじめろ」

権田原の合図で、求馬は手前の物相を取った。

腹が減っていたので、五杯目までは楽々と掻っこむ。

六杯目から速度は落ちたが、十杯を超えても苦しげな素振りはみせない。

沢庵は食べてもよいし、水を飲むのも許されている。

ぽりぽりと沢庵を齧る音と、ごくごくと水を飲む音が重なった。

浪人どもは小銭を持ちより、おおっぴらに賭けをやりはじめる。

二十杯、三十杯と数が増えるほど配当も高くなったが、五十杯を食べきることに賭ける者はひとりもいない。少なくとも、求馬本人を除いては、誰ひとり達成できるはずがないと信じているようだった。

半刻余りが過ぎても、求馬はひたすら食いつづけていた。

物相は十ずつ重ねられ、空になるたびに、手下が声を張りあげた。

「四十と五」

その声に、どよめきが起こる。

あと五杯、みなは賭けを忘れ、求馬に熱い眼差しを注いだ。

「げっぷ」

求馬は水を呑み、げっぷを繰りかえす。

腹は太鼓腹になり、動くのもしんどそうだ。

「吐くなよ、吐いたら仕舞いぞ」

畳のうえから、権田原が声を掛けてくる。

気のせいか、親しげな口調に聞こえた。

応援したい気持ちのほうが勝っているのかもしれない。
この場にいる者なら、誰であろうとそうおもうはずだ。
求馬は震える手で物相を摑み、白米をゆっくり咀嚼（そしゃく）する。
空の物相が重なると、誰からともなく手拍子が沸きおこった。
「あと一杯、あと一杯」
ついに最後の物相を手に取ると、みなが身を乗りだしてくる。
なかには、目を潤ませている者まであった。
伊吹求馬よ、何故、おぬしはそこまで意地を張るのか。
腹が裂けてまで飯を食う意味など、どこにもなかろう。
早くあきらめろ。それ以上、無理することはないのだ。
誰も彼もが、不遇を託（かこ）つおのれ自身に問いかけている。
求馬は必死に、飯を食うすがたで浪人たちにこたえた。
意地を通すのが侍だ。おれは食う。最後まで食いつづける。
侍ならば、どのような不条理にも耐えてみせねばなるまい。
侍に生まれたからには、死んでも一分（いちぶん）を通さねばなるまい。
ただひたすら飯を食うだけにもかかわらず、一匹の反骨侍がみせたすがたは、みなの気持ちを揺りうごかしたにちがいなかった。

求馬は五十杯の物相飯を食いきった。

一瞬の静寂ののち、大部屋に割れんばかりの歓声が沸きおこったのである。

権田原は約束どおり席を譲ったものの、求馬が畳のてっぺんに座ることはなかった。五十杯の物相飯をひとりで平らげた罪により過酷な罰を下されようとは、誰ひとり想像できなかったにちがいない。

夜も更けたころ、格子の外へ、五、六人の人影が近づいてきた。

牢役人たちが、にやついた顔で立っている。

鍵を開けてはいってくるなり、ふたりが寝ている求馬の両脇を取った。

乱暴な扱いで大部屋の外へ出されるなり、早縄で後ろ手に縛られ、建物の外へ引きずりだされる。

暗闇の随所に篝火が灯っており、途方もない敷地の広さだけは把握できた。以前、中野の御犬囲に潜入したことがあった。おそらく、十万匹の犬を収容する御犬囲に匹敵するほどの広さはあろう。

よくぞ数日でこれだけの「牢獄」を築けたものだと感心していると、後ろから小狡(こずる)そうな役人に小突かれた。

「おぬしの寝床は、あそこじゃ」

顎をしゃくられたさきから、強烈な悪臭が漂ってくる。

寝床というのは、肥溜めの脇に設えられた桶置場のことらしい。

小屋の柱に縛りつけられ、手枷と足枷まで嵌められた。

「ふう、息もできぬ。この糞溜め、格別に臭いぞ」

鼻が曲がり、頭がくらくらしてきた。

役人どもは早々に引きあげ、たったひとりで残される。

空を見上げれば、刃物のような月が煌々と輝いていた。

鼻がおかしくなったのか、次第に臭いは気にならなくなる。

建物のほうからは、浪人たちの怒声や悲鳴が聞こえてきた。

これだけの人数がいたら、食べ物もろくに食えぬであろう。夏の暑い季節だけに病人も増えようし、死にいたる疫病なども流行りかねない。権田原が言ったとおり、犬小屋に収容された野良犬のほうが待遇はよいかもしれなかった。

「秋元さまは、わかっておられるのだろうか」

こうした情況を予見できなかったとすれば、おもいつきで失策を講じたと批判されても弁解の余地はなかろう。たとい、発案者は阿部豊後守であったとしても、同じ老中として再考を促さなかった責は問われねばなるまい。

ともあれ、何とかここから脱出し、浪人狩りをすぐに止めるべきだと言上せねばならぬと、求馬は強くおもう。

しばらくのあいだ、手枷足枷と格闘しつづけた。

だが、どう足掻いても抜けられそうになく、いつの間にか眠っていた。

翌日は早朝から叩き起こされ、日がな一日、肥溜めの脇に正座させられた。

灼熱の陽光を阻む屋根はない。炎天下、水一滴たりとも与えられず、夜は後ろ手に縛られたまま、ふたたび、小屋の柱に繋がれた。

そして翌朝になると、今度は鍬を持たされ、御囲の内につくられた菜園の端に穴を掘れと命じられた。菜園には浪人たちが交替で耕しにきたが、権田原や手下たちのすがたもあり、みな、興味津々でこちらを眺めていた。

午過ぎには掘った穴が胸ほど深くなったが、いっこうに止める合図が出されない。

役人どもはおもしろがり、今度は穴を埋めろと命じてきた。

抗う力も失せていたので、命じられたとおりにするしかなかった。

夕方になると、空が一転暗くなり、大粒の雨が落ちてきた。

恵みの雨に感謝しながら、大口を開けて雨粒を呑みつづけた。

すると、役人が飛んできて笞で背中をしたたかに打ち、埋めた穴の隣に新たな穴を掘れと言いだした。

「ぬわっ」

鍬を掲げて役人に襲いかかろうとしたが、腰が砕けて尻餅をついた。

二日目、三日目と、同じ作業を命じられ、四日目になると、人であることを忘れた。むしろ、遠目から眺めていた権田原たちのほうが怒りに震えているようであったが、同じ目に遭わされるのを恐れてか、騒動らしきものが勃きる兆しはなかった。

求馬は精も根も尽き果て、ふたたび、肥溜めの脇に繋がれた。

真夜中、浅い眠りに落ちていると、何者かの気配が近づいてくる。

「伊吹どの、伊吹どの」

名を呼ばれたので薄目を開ければ、鼻先に見知った顔が笑っていた。

「……た、高垣どのか」

「わしをおぼえていてくれたのか」

「……ど、どうしてここに」

「捕まったのさ。おぬしよりも一日早くな」

しかも、同じ大部屋にいたのだという。賭けをした連中に交じって一部始終を眺め、過酷な罰を受けている様子も歯軋り(はぎし)しながらみつめていた。何とかしなければというおもいに駆られ、ようやく助ける決心を固めたのだ。

「さんざんな目に遭ったな」

「……お、おぬしのせいだ。あの洞窟で、わしの頭を撲ったであろう。あそこから、すべてがはじまったのだ」

「悪かった。されど、ああでもせねば、あのお方に殺られておったかもしれぬ」

「……あ、あのお方とは」

「はなしはあとだ。一刻も早く、ここから脱けねばなるまい」

「……ぬ、脱ける手があるのか」

「任せておけ」

何処から盗んできたのか、高垣は携えてきた鍵で手枷足枷を外してみせた。

縄を解いてもらったものの、求馬は立ちあがった途端にふらついてしまう。

「ほれ、肩を貸そう」

「……す、すまぬ。おぬし、肥溜めにおって、臭くないのか」

「ああ、まったくな。阿芙蓉の煙を嗅ぎすぎたせいかもしれぬ。いつのころからか、ものの臭いがわからぬようになった」

　高垣は笑いながら、暗闇の奥へ進んでいった。

　脱出する道筋をきちんとわかっているらしい。

　案の定、高い囲いの片隅に、木戸がみえてきた。

　高垣は慎重に身を寄せ、すっと木戸を押してみる。

　何の抵抗もなく戸が開いた。

　案じられた鉄砲組の影もない。

「地獄の沙汰も何とやらでな」

　どうやら、役人に金を摑ませたらしい。

「小判を貰えるとなれば、たいていのことはする。それが木っ端役人だ。木戸を開けておくことなど、朝飯前だろうさ」

　妙だなと、求馬はおもった。

　一膳飯屋でただ食いまでやりかけた男が、どうして小判を携えていたのか。

　いずれにしろ、聞きたいことは山ほどある。

　求馬は木戸を潜り、高垣とともに田圃の畦道を駆けていった。

七

夜はまだ明けていない。

高垣と出会った魚河岸の一膳飯屋を覗いてみると、暗いうちから河岸ではたらく人足のために仕込みをはじめたところだった。

無理に頼みこんで入れてもらい、気のいい親爺に酒と肴を頼む。

「すまぬ、金がない」

と、高垣に拝まれ、求馬は親爺に素姓を告げ、つけにしてもらった。

「さようか、秋元但馬守さまの御屋敷に出入りしておるのか」

求馬が老中屋敷へ通っていると知り、高垣は羨ましそうに眦をさげる。

「伊吹どの、あためて謝らねばならぬ。すぐにでも助けたかったが、虎の子の一両を手放す決断がつかなんだ。それにしても、おぬしの生き様には感銘を受けた。大部屋におった連中はみな、そうおもったはずだ。誰もが心の底では、おぬしのように侍の一分を通したいと願っておる。されど、容易にはできぬのだ」

高垣はみずからに言い聞かせ、手酌で美味そうに酒を呑む。

求馬は肴の焼き味噌を指で嘗め、我慢できずに問いかけた。

「洞窟でわしを撲って助けたと申したな。あのお方とは誰のことか、きちんと教えてもらおう」

「そうよな。それを言わねばなるまい」

高垣は居ずまいを正し、はじめて聞く名を口にした。

「八代順斎（やしろじゅんさい）、京の御所に仕えたこともある陰陽師じゃ」

「やはり、陰陽師か」

「歳は若い。三十に届いてはおるまい。養父が護国寺の寺男だったとの噂もある」

「護国寺」

「さよう、桂昌院さまの祈願寺じゃ。順斎の養父はあるとき、溝（どぶ）に落ちた子犬を助けたにもかかわらず、犬を捨てたと告げ口され、即刻、斬首となった。その出来事があって以来、幼き順斎は生類憐みの令を憎み、人よりも犬をだいじにする綱吉公や桂昌院さまを憎むようになったと聞いた」

「高垣どのは、桂昌院さまが不忍池で襲われたことを知っておるのか」

「知らぬはずはなかろう。そのせいで、浪人狩りがはじまったのだからな。順斎が関わっていたことも存じておる。襲撃のあった前日、あの洞窟で本人が言うておった。自分はやろうとおもえば何でもできる。公方を殺めることも、桂昌院を殺めることも。嘘だとおもうなら、証明してみせようと告げたのじゃ」

洞窟のなかで面と向かった相手が、順斎だったのか。

面相は判然とせぬが、怪しげな眼光だけはおぼえている。

「順斎は御霊移しなる術を使い、端金(はしたがね)で駆りあつめた浪人どもを自在に操ることができる」

猿婆の語った物の怪のはなしを思い出す。

求馬は押し黙り、指で額に触れた。

高垣はその様子をみつめ、溜息を吐く。

「すまぬ、おぬしも術を掛けられておる。わしが進言したのだ。この者は秀でた剣客ゆえ、かならず役に立つだろうと。順斎は気を失ったおぬしの額に指で十字を描き、わけのわからぬ呪文を唱えた。ほかの連中にもほどこしておった御霊移しの術じゃ」

「術を解く方法は」

「知らぬ。わしはほどこされておらぬゆえな。どうやら、選ばれた者にしか術を掛けぬらしい。迷惑であろうが、おぬしは順斎に選ばれたのじゃ」

「術を掛けられた者はどうなる」

「順斎の傀儡になる。事と次第によっては、刺客にもなる。何処におっても、順斎の都合で得手勝手に使われるのだ。傷を負っても痛みを感じぬゆえ、的を何処までも追いつめることができる。ただし、最後はからだじゅうの血を流して死ぬしかない。桂昌院さまも危うく命を落としかけたと聞いたが、あれなども順斎の術に掛かった者たちの仕業であろうよ」

みずからの手で首を断った刺客の顔が過った。

「くそっ」

求馬は怒りを抑えきれず、悪態を吐いた。

高垣は空の盃をみつめ、深々と頭を垂れる。

「すまぬ。わしはよかれとおもって、おぬしを洞窟に誘った。阿芙蓉の煙を吸えば、一時でも浮世の辛さを忘れられるゆえな。されど、それが裏目に出てしまった。謝って済むことではないが、謝るしかない」

求馬が術を掛けられてどうなったか、高垣は最後まで見届けることもなく、洞窟から逃げた。それゆえ、不忍池の畔へ誰がどうやって運んだのかはわからぬという。

「すまぬ、わしにはどうすることもできなかった」

謝りつづける高垣に腹を立てつつも、冷静にならねばと、求馬はおのれを戒めた。

「一両はどうやって手に入れた」

「さよう、それも説かねばなるまい。じつは、あの一両、武蔵屋幸右衛門と申す札差に渡された。米蔵を襲う前金としてな」

「何だと。何処の米蔵を襲うのだ」

「江戸じゅうの米蔵さ。何処だっていいし、多ければ多いほどいい」

高垣と同じく雇われた食い詰め浪人は、どれだけいるかわからぬほど多いという。

もちろん、武蔵屋はそうした連中と直に会わず、仲立ちを稼業にする怪しげな人宿があるらしかった。

「どうして、米を扱う札差がさような悪事を企てる」

「米相場を急騰させるためじゃ、決まっておろう。おぬし、御張紙値段というものを存じておるか」

「幕臣の御禄米を銭金に換えるときの値段であろう」

「さよう。御張紙値段に示された米の値段が安ければ安いほど、おぬしら御城勤めの幕臣は手取りが少なくなる。ところが、同じ米が高値で売れたら、札差には莫大な利益が転がりこむことになろう。それが阿漕な商人どもの狙いだ」

「米と銭金の交換値段を安くしたり、そののちに米相場を急騰させたり、狙ってできることなのか」

「できる。少なくとも武蔵屋にはな」

「どういうことだ」

まずは、幕府勘定所の高官に賄賂を贈り、御張紙値段を不当に安く表示させるように細工する。そののち、囲い荷などで米相場を引きあげ、仕上げに浪人どもを雇って江戸じゅうの米蔵を襲わせる。深刻な米不足を演出し、幕府さえも困りきったところで、市場にどっと米を出す。その程度の悪巧みは、札差にとって朝飯前のことらしい。

「武蔵屋は幕府のお偉方と裏で通じておるのだ」

高垣は盃を呷り、はなしをつづけた。

「わしはこうみえて、少しは腕が立つ。抜刀術に長けておってな、半年前の一時期、両国広小路で居合抜きの大道芸を披露しておった。それをたまさか、武蔵屋の番頭が目に留め、対談方に雇ってくれたのじゃ」

「対談方」

高利貸しでもある札差は金満家の代表と目されているので、蔵宿師と呼ばれる強請狙いの連中が頻繁に訪れる。こうした蔵宿師に対抗できる腕も弁も立つ用心棒を対談方と称するらしい。

「対談方は実入りがよい。ふたつ返事で雇ってもろうた。順斎とは武蔵屋で出会ったのだ。陰陽師であるにもかかわらず、同じ対談方として雇われておった。ただし、雇い料の桁がひとつちがった。順斎は金縛りの術を使って、いかなる蔵宿師も寄せつけず、武蔵屋の信頼を得ておった。武蔵屋のほうが傾倒し、順斎に取りこまれていたと言うべきか。札差同士の鞘当ては激しいものでな、ことに空き株を手に入れて札差になった武蔵屋はほかの連中から疎遠にされておった」

武蔵屋は順斎と出会い、一線を越える誘惑に駆られた。あるとき、ついに札差の肝煎りを呪殺する決意を固めたのだという。そして、禍々しい依頼を引きうけた順斎は楽々と依頼を成し遂げた。肝煎りは不審死を遂げ、噂が噂を呼び、武蔵屋はほかの連中から懼れられるようになった。

「殺しの証しは何ひとつない。まことに順斎が呪殺したのかどうか、わしとて半分は疑っておる。されど、武蔵屋は信じた。順斎を生き神とさえ奉じておる」

一時、高垣は恐ろしくなり、武蔵屋からすがたを消した。ところが、金に困って悩んだあげく、ふたたび、武蔵屋の敷居をまたいだ。

「番頭から一両を貰った。指示どおりに米蔵を襲えば、残金の五両を手にできる。わしは糞だ。糞侍なのだ」

高垣は懐中から、位牌をふたつ取りだした。

「他人にみせるものではないが、二年前に亡くなった妻と娘の位牌じゃ。藩も御家も無うなって三年。内職で細々と食いつないでおったが、ついに金も運も尽きてな、ふたりを餓死させてしもうた」

餓死と聞いて、切ない気持ちにさせられる。

「娘は五つじゃ。可愛い盛りに、好きなものも食べさせてやれぬ。父親として、これほど情けないことがあろうか。ふたりのあとを追おうとしたが、わしにはできなんだ。人間、いざとなると容易には死ねぬ。わしは糞溜めの糞だ。されど、糞意地の欠片だけはまだ残っておる。それゆえ、おぬしを助けた。米蔵を襲うのも止めにする」

高垣の決意を耳にしながら、求馬は洞窟でおこなわれたおぞましい光景を思い出していた。

「あの男の子、どうなったのであろうか」

「えっ、男の子とは何のはなしだ」

「祭壇で順斎がおこなった儀式のことだ。男の子を生け贄にしておったであろう」

「知らぬ。儀式はされておった。されど、生け贄など知らぬ」

高垣の真剣な目を覗けば、どうやら、嘘は言っていない。

洞穴で目にした光景は、まぼろしだったとでもいうのか。

順斎は何がしたいのか、それについてもよくわからない。

「伊吹どの、わしが知っていることはすべてはなした。武蔵屋や順斎をどうするかは、おぬし次第じゃ」

一介の鬼役見習いに、いったい何ができるというのだ。

正直、下駄を預けられても困ると、求馬はおもった。

八

松太郎が行方知れずになった。

三日前の夕方から家に戻らず、近くで見掛けた者もいない。

「神隠しだぞ。きっとそうだ」

隣近所の連中は口々に噂し合っていた。

このところ、市中では男の子の神隠しが頻発(ひんぱつ)しているという。武家の家々では、子どもたちに外で遊ばぬようにと言いつけているほどだった。

父の常田松之進は憔悴(しょうすい)しきり、母の福は涙も涸(か)れてしまっている。

求馬は松太郎がいじめられていたことを告げ、手分けして小普請の御家人たちの家々をまわってみたものの、悪童たちのなかで松太郎の行方を知る者はいなかった。

もちろん、陰陽師の順斎に拐(かどわ)かされたのではないかと、まっさきに疑ってみた。怪しげな儀式に生け贄として差しだされ、得体の知れぬ「蠱」なるものの餌にされる。そうだとしたら自分のせいだと、求馬はおもった。

順斎は求馬の素姓を探り、組屋敷へやってきたにちがいない。そして、松太郎を見掛けたのだ。そうでなければ、この広い江戸で松太郎が人身御供に選ばれた理由を説明できぬ。

洞窟でみた異様な光景を両親に告げるか告げまいか、ずっと悩みつづけた。悩んだところで告げる勇気はなく、市中を当て所もなく歩きまわったあげく、鎧の渡しから小舟を仕立てた。

大川を突っ切り、小名木川に舳先を入れて漕ぎ進み、新高橋のさきで陸へあがると、猿江摩利支天の裏手にある竹林へ分け入った。竹林を抜けたさきに洞窟をみつけ、躊躇いつつも踏みこんだ。松明を掲げて奥へ進んでみたものの、すでに人気はなく、注連縄の切れ端以外に、儀式のおこなわれた形跡をみつけることはできなかった。

「松太郎、松太郎……」

大声で叫びつづけても、洞窟内に反響しながら戻ってくるのは自分の悲愴な声だけだった。

それでも、あきらめるわけにはいかぬ。

魚河岸の一膳飯屋に立ち寄り、高垣に言付けを残すと、その足で蔵前に向かった。
札差の武蔵屋を訪ねれば、順斎に会えるかもしれぬとおもったのだ。
暮れ六つの逢魔刻、行き交う人々の顔すらもはっきりとみえない。
武蔵屋は櫛の歯状に並んだ桟橋をのぞむ森田町の角地にあった。
新興の札差にしては、うだつがほかの札差よりも高い。それひとつとっても、
野心旺盛な成金のすがたが想像できる。
札差の間口は存外に狭かった。
金を借りにくる幕臣たちに配慮したつくりのようだが、求馬に迷いはない。
「たのもう」
敷居を踏みこえ、声を張りあげる。
帳場格子に座る番頭らしき男が、不審げな顔を向けてきた。
「お武家さま、何のご用で」
あきらかに、札差に強請を掛ける蔵宿師だと疑っている。
声を聞きつけ、奥から強面の番犬が二匹あらわれた。
求馬は顔をしかめる。
「うぬらは対談方か」

「そう言うおぬしは、強請を生業にする破落戸か」

無精髭の番犬は嘲笑い、刀の柄に手を添える。

物腰から推せば相当な手練だが、求馬には負ける気がしなかった。

「うぬらに用はない。八代順斎と申す陰陽師を捜しておる。ここに来れば、会えるかもしれぬとおもうてな」

「順斎さまに会ってどういたす」

「その口振り、やはり、存じておるようだな」

「問いにこたえよ。何故に会いたいのだ」

「御霊移しなる術を解いてもらいたい」

「ほう、おぬし、術を掛けられたのか」

番犬どのは顔を見合わせ、薄く笑ってみせる。

「術を掛けられた者は不死になると聞いたぞ。何度斬られても死なず、どれほど強い相手でも負けることはないとか。まことかどうか、ためしてみたいものだ。何せ、わしらは、術を掛けられた者に出会ったことがないからな」

順斎との関わりがさほど深くないのであろうか。

番犬どもではなく、武蔵屋幸右衛門に問わねばならぬとおもい、求馬は奥に向かって大声で呼びかけた。

「それがしは幕臣の伊吹求馬と申す。武蔵屋幸右衛門、おぬしが市中の米蔵を襲わせるべく、浪人たちに金を配っていることは存じておる。こちらの問いにこたえれば、知らなかったことにしてもよい。こたえぬと申すなら、今から町奉行所へ行き、この耳で聞いたことを告げる」

「おい、黙らぬか」

髭面の番犬が吠え、刀を抜きにかかった。

と、同時に、奥から絹地の着物を纏った人物があらわれる。

「先生方、お待ちを」

威厳ありげな面持ちで制するのは、首が鶴のように長い歌舞伎役者のような優男だ。

つつっと近づき、上がり端に正座する。

「手前が武蔵屋幸右衛門にござります」

齢は四十に届いておるまい。じつに堂々としており、こけら落としの口上を述べる役者にもみえる。

脂ぎった悪相の商人を連想していただけに、求馬は肩透かしを食った気分だった。

「さきほど、聞き捨てならぬことを仰いましたな。なんでも、手前が市中の浪人たちをけしかけ、米蔵を襲わせようとしているとか」

「世間に米不足を知らしめ、米の値を高騰させる手口さ。しらを切るなら、それでもよい。わしが聞きたいのは、順斎の行方だ。何処にいけば会えるか、おぬしなら存じておろう」

「たしかに、順斎さまにはたいへんお世話になっております。されど、この半月ほど店にはみえておりませぬし、外でもお会いしておりませぬ。いつも連絡は先方から、こちらからはできませぬ。ひとつところに留まらずに転々となさってておられるご様子ゆえ、何処におられるのか見当もつきませぬ」

誠意の感じられぬこたえに、むかっ腹が立ってくる。

対談方のひとりが、ぬっと押しだしてきた。

「ほれ、用が済んだら出ていけ」

求馬は促されても、根が生えたように動かない。

「出ていかぬと申すなら、力尽くで追いだすしかなかろう」

髭面のほうが刀を抜き、切っ先を鼻先に向けてくる。

求馬は微動だにしない。

武蔵屋ともうひとりの番犬は、じっと睨みつけている。

刹那、帳場格子の番頭が、筆か何かを床に落とした。

わずかな間隙を衝き、求馬は白刃を避けて踏みだす。

「うっ」

鳩尾に当て身を食わせると、髭面は上がり端から三和土に落ちてきた。

「こやつめ」

もうひとりが抜いた刀をひょいと躱し、拳で下から相手の顎を撲る。

――ばこっ。

番犬は白目を剝き、壁際まで吹っ飛んだ。

「ひぇっ」

番頭が腰を抜かす。

突如、額に激痛が走り、求馬はその場に蹲った。

顔を持ちあげると、武蔵屋が恐怖に震えている。

「……そ、それは」

指を差された額には「犬」の朱文字が浮かんでいるのだろう。

感情を抑えられなくなると、穢らわしい文字が浮かぶのかもしれない。

誰かを斬ってしまわぬように、求馬は店から飛びだした。

外は薄暗く、大路を行き交う人影もまばらだ。

息を深くを吸って長々と吐き、どうにか自分を取り戻す。

吹きぬける風に裾を攫われた。

物陰から人影が近づいてくる。

「あっ」

眸子を瞑った背の高い侍が、杖も持たずに歩を刻んできた。

「……な、南雲さま」

盲目の毒味指南役にほかならない。

南雲五郎左衛門は、息が掛かるほどの間合いで立ち止まった。

「かようなところで油を売っておったのか」

「……す、すみません」

「謝らずともよい。鬼役になりたくなければ、無理強いはせぬ。おのれで好きなときに道を閉ざせばよかろう」

冷たく突きはなされ、求馬は苦い薬でも呑まされたような気分になる。

それにしても、南雲はどうしてここにいるのだろうか。

目はみえずとも、こちらの動きが把握できるのか。

問いかけようとするや、右の手首を摑まれた。

「うっ」

腿に激痛が走る。

見下ろせば、右膝の少し上に何かが刺さっていた。

「鉄火箸じゃ。おぬしは、まやかしの術を掛けられておる。術を解くには、強い意志と痛みが要る。おぼえておくがよい」

南雲は鉄火箸のかたわれを手渡し、くるっと踵を返す。

「……お、お待ちください」

呼びかけても振りかえらず、辻向こうへすがたを消した。

腿に刺さった鉄火箸を抜いても、血はほとんど出てこない。

経絡に鍼を打ったようなものなのか、ふつうに歩くこともできる。

蔵前から下谷練塀小路まで、さほど遠くもない道をとぼとぼ歩いた。

屋敷まで戻ってくると、門の脇で誰かが待ちかまえている。

「ぼんくらめ、わたしを待たせるでない」

きかん気な声を張ったのは、ずっと会いたかった相手、志乃であった。

九

おもわず抱きつきたい衝動に駆られ、自制するのに苦労した。

「莫迦め、何を考えておる」

叱りつけながらも、志乃の眼差しはいつになく優しげにみえる。

ひょっとすると、求馬に降りかかった数々の災難を耳にし、少しは同情してくれたのかもしれない。

「浪人狩りで捕まったらしいな。おぬしがおらぬ間に、御老中の秋元さまから密命が下されたのじゃ」

公方綱吉に近い何者かが怪しげな陰陽師を使い、江戸市中を擾乱(じょうらん)せんと企んでいる。すみやかに陰陽師をみつけだし、黒幕の正体と目的を暴けとの内容であった。

陰陽師が八代順斎であることはわかったが、幕府の中枢に黒幕が控えていることなど知りようはずもない。江戸市中を擾乱させる目的や手法についても、求馬にしてみれば想像の域を超えている。

「はっきりとはせぬが、こたびの浪人狩りと関わりがあるらしい」

綱吉に献策したのは老中首座の阿部豊後守と言われていたが、阿部に耳打ちして大規模な浪人狩りをおこなわせた人物がいるという。桂昌院襲撃がきっかけになったことをおもえば、綱吉のそばにあって桂昌院の行動を逐一把握できる者であろうとの臆測は成りたつ。

ただし、今の時点では、黒幕が札差の武蔵屋を介して陰陽師と通じていること以外、調べはついていないらしい。

「何故かわからぬが、敵にいちばん近づいておるのは、おぬしだそうだ」

志乃によれば、室井作兵衛を介して秋元邸で密命が下された直後、南雲五郎左衛門がふらりと部屋にあらわれ、求馬のはなしをしたという。

「どうして、南雲さまが」

「わたしも知らぬ。謎多きお方でな。されど、おぬしが浪人狩りで捕まったことや、葦原の浪人囲で惨い仕打ちを受けたこともご存知だったし、阿漕な札差を訪ねるであろうことも予見されておった。怪しげな陰陽師から秘術を掛けられ、額に犬の朱文字が浮かぶようになったこともな。そうと聞けば、放ってはおけまい」

来たくもなかったが、わざわざ御納戸町から足労したのだと、志乃は不満顔で告げた。

「まんがいちのときは、おぬしの素首を断たねばなるまいからな」

「それがしの素首を」

「致し方あるまい。不忍池で首を飛ばした船頭と同じになるやもしれぬではないか。おぬしが我を忘れて陰陽師の傀儡になりさがれば、かならずや、この世に禍をもたらす蠱となろう」

「蠱にござりますか」

「猿婆が申しておった。陰陽師はこの世で最凶となるべき蠱を捜しておるのやもしれぬと。おぬしが選ばれし者だとすれば、隣人の小童が拐かされた理由もわかろうというもの」

「やはり、松太郎は順斎に拐かされたのでしょうか」

「心配か」

「はい」

松太郎には日頃から、剣術を教えている。師匠と呼んで頼ってくれる健気な男の子を死なせるわけにはいかぬと、求馬は涙ながらに訴えた。

「猿婆に捜させておるゆえ、今しばらく待っておれ。待つのも苦しかろうがな、おそらくはおぬしを誘い、意のままに操るためであろう。となれば、小童を容易く死なせるようなまねはすまい」

慰めかもしれぬが、志乃のことばは力になる。

求馬が感謝の意をしめすと、志乃はふんと鼻を鳴らし、あっさり背を向けた。

隣の様子を窺いにいくと、常田は松太郎を捜しに出ているのか留守にしており、福は仏間に籠もっているようだった。

求馬は深々と頭をさげ、薄暗い道を神田川のほうへ向かう。

屋敷でじっとしてなどいられない。

橋を渡り、魚河岸までやってきた。

何やら、行き交う人々が殺気立ってみえるのは、気のせいだろうか。

件の一膳飯屋の暖簾を振りわけると、親爺が待ってましたと顔を出す。

客はちらほら座っていたが、高垣嘉次郎のすがたはみあたらない。

替わりに、薄紅色の絹糸を集めたような花が床几の端に活けてあった。

「合歓の花か」

「高垣さまが摘んでこられたのです。亡くなった娘さんがお好きだったとかで」

人のいい親爺は、すまなそうに教えてくれた。

しかも、文を預かっているというので、さっそく開いてみると、刻限と場所が走り書きされていた。

——本日亥ノ刻　芝浜松町美濃屋

何のことか、求馬はすぐにわかった。

金で雇われた浪人たちが、打ち毀しをやろうとしているのだ。

親爺は高垣から、借金と謝礼のぶんとして一両を手渡されていた。

「くそっ、あやつめ」

打ち毀しはやらぬと言っておきながら、誘惑に負け、札差に支度金をせびったのであろう。そして、良心の呵責に苛まれたあげく、求馬に言伝だけは残していったにちがいない。

いったい、どうしろというのだ。

捕り方でも動かせというのか。さようなこと、できるはずもなかろう。

気づいてみれば、亥ノ刻までは半刻もない。

一膳飯屋を飛びだしたあとは、日本橋を渡り、東海道を南へ向かった。息を弾ませて駆けに駆け、ようやくたどりついた芝口から、源助町、露月町、柴井町、宇田川町、神明町と、八丁ばかりも駆けぬける。文に書かれた浜松町は増上寺の門前大路と東海道が交わる辺り。求馬が汗みずくでやってくるころには、周辺に大勢の浪人たちが集まっていた。

正面の高台に立っている町人は、武蔵屋から人集めを命じられた差配師であろうか。

「旦那方のはたらきに応じて、残金の多寡は決まりやす。ごまかしは通用しやせんから、そのおつもりで。捕り方の心配はいりやせん。なにせ、日本橋万町の近江屋、京橋柳町の坂本屋、新橋出雲町の松江屋と、ずらりと並べただけでも十を超える。お江戸で名の知られた米屋を片っ端から襲う手筈になっておりやすから、捕り方は右往左往するだけでやしょうよ」

荒んだ気持ちを煽るようなはなしが終わると、亥ノ刻を報せる時鐘が鳴りだした。

「さあ、旦那方、派手にやっておくんなせえ」

「うおおお」

数人のさくらが雄叫びを騰げると、五十人余りの浪人どもが拳を衝きあげた。

松明を持つ先導役もいれば、杵や棍棒を掲げている者たちもいる。

求馬は少し離れたところから眺めていたが、高垣らしき浪人者のすがたはみつけられない。

ほかの場所へ移ったのだろうか。

などと考えていると、先頭の連中が米屋の板戸を破った。

――どーん。

爆音とともに、濛々と塵芥が舞いあがる。

「ひゃああ」

家人や奉公人たちが着の身着のままで飛びだしてきた。

なかには棍棒で撲られ、気を失う者まである。

刀で斬られはせぬかとおもったが、浪人どもが命じられているのは建物の打ち毀しにかぎられているようだ。

裏手の蔵も暴かれ、浪人どもが米俵をつぎつぎに運びだしてくる。

盗人と何ら変わらぬが、誰もがお祭り騒ぎを楽しんでいるようにみえた。

――がつっ。

杵で太い柱が折られ、大屋根がどっと落ちてきた。

「ふわああ」

暴徒と化した浪人たちは、手のつけようがない。

捕り方が馳せ参じたとしても、逃げずに戦う道を選ぶであろう。

江戸の随所で血みどろの戦いがおこなわれ、町人たちは不安に包まれる。

それこそが、敵の狙いなのかもしれない。

どっちにしろ、浪人どもは踊らされているにすぎなかった。

「おい、そこのおぬし、何をしておる」

怒鳴りつけてきたのは、束ねを任されているらしき浪人者だ。

丈の高い痩けた四十男で、刀を抜かんばかりに近づいてくる。

「おぬし、やらぬのか」

「ああ、やらぬ」

「どうして」

「裏のからくりがわかっておるからだ。おぬしらは、阿漕な札差に操られている」

「だから何だ。金をくれるなら、どんな悪党も神仏と同じ。建物を壊して五両貰えると聞けば、断る手はあるまい」

「たった五両で、侍の魂を売るのか」

「くはは、侍の魂だと。んなものは疾うに捨てたわ。読み書きや剣術が少々できたところで、わしらが食っていける場所はない。世の中は、一部のお偉方と商人だけが潤うようにできておる。ふん、糞食らえじゃ。こんな世はいっそ、なくなってしまえばよいのじゃ。のう、そうはおもわぬか」

充血した眸子で迫られても、うなずくことはできない。

だが、浪人たちの怒りもわかる。頭から否定はできない。

「わしらはな、死に場所を求めておる。人より犬のほうがだいじな公方なんぞに、痩せ浪人の気持ちがわかってたまるか」

突如、男は刀を抜き、大上段から斬りつけてきた。

求馬は白刃を避け、打ち毀しの喧噪に背を向ける。

名も無き浪人たちの怒りが、わがことのように感じられた。

力を誇示する一部の者たちだけが潤う世の中はまちがっている。

「ぬわああ」

求馬は獣のように吠え、暗闇のなかを脇目も振らずに駆けつづけた。

そして、疲れきって息も絶え絶えになったあげく、何処とも知れぬ道端にばったりと倒れた。

十

這々(ほうほう)の体(てい)で魚河岸の一膳飯屋に戻ると、高垣がひとりで酒を呑んでいた。

「おう、戻ったか。こっちに来い」

待っていたかのように手招きし、自分の盃に酒を注いで寄こそうとする。

求馬は床几に座るなり、その盃を払いのけた。

「何をする。もったいないではないか」

睨みつけられ、睨み返す。

「おぬしは何者なのだ」

求馬の問いかけに、高垣は横を向いた。

眼差しのさきには、葉の閉じた合歓の花が飾られている。

じっと眺めていると、不思議にも怒りが薄れてきた。

合歓の花には、怒りを去らしむ力があるという。

それゆえ、高垣の幼い娘は、この花が好きだったのかもしれない。

「わしは糞溜めの糞侍さ。五年前に藩を潰され、食うに困ったあげく、妻と娘を餓死させた。半年前に阿漕な札差に雇われ、八代順斎という怪しげな陰陽師に出会った」

「おぬし、南雲五郎左衛門という人物を存じておろう。南雲さまに命じられて、わしに近づいたのか」

高垣は銚釐（ちろり）を持ってかたむけ、注ぎ口から直に酒を呑んだ。

そして、空になった銚釐を置き、床几の節穴に目を落とす。

「そのとおりだ。南雲さまの命で、おぬしに近づいた」

南雲との出会いは半年前、両国広小路で居合抜きの大道芸を披露していたときだ。声を掛けてきたのは武蔵屋の番頭ではなく、南雲であった。

「餓えた野良犬も同然のわしを屋敷に迎え、飯をたらふく食わせてくれた。一宿一飯の恩義というやつさ。しかも、南雲さまは目がみえぬ。みえぬのに、わしの力量を見抜かれた。隠密働きをせぬかと誘われ、この人のためならとおもい、わしはふたつ返事で請けおったのだ」

潜入を命じられたさきが、武蔵屋であったという。

驚くべきことに、南雲は半年もまえから、札差と陰陽師の怪しい動きを探っていたのだ。

「されど、根っから堪え性のないわしは、隠密働きにほとほと疲れてしまった。それを正直に告げたところ、南雲さまは仰った。辞めるまえに最後の奉公だとおもって、若造をひとり巻きこんでほしいとな。おぬしだ。南雲さまが、わしの身代わりに隠密に仕立てようとなされているのはわかった。しかも、わしのような使い捨てではない。焦れったいほど不器用な男だと言うておられたが、おぬしのことを語ることばには父親のような慈しみが感じられた」

「ふん、都合のよいはなしだ」

騙されたというおもいが、南雲への敵意を掻きたてる。

「まあ、聞け。おぬしに会って、理由はすぐにわかった。南雲さまはおそらく、ご自分の後継者を捜しておられるのだろう。黙っておってすまなんだ。されど、これがすべてだ。いや、もうひとつ、だいじなはなしをせねばならぬ」

高垣はがばっと立ちあがり、かたわらの刀を拾って腰帯に差した。

「陰陽師の順斎は、誰よりも力の強い蠱を捜しておる。みずからの目で選んだ者たちを戦わせ、最後に残ったひとりに何かを託そうとしておるのだ。それがみずからの意志なのか、それとも、ほかの誰かの意志なのか、そこはわからぬ。はっきりしておるのは、おぬしも選ばれたということだ。おぬしを誘うために、隣家の子は拐かされた。順斎は餌をぶらさげ、おぬしを誘うておる。望むというのなら、今からそこへ連れていってもよい」

罠と知りながらも、虎穴へ踏みこんでいく。

求馬に迷いなど、あろうはずもなかった。

松太郎を救いだし、順斎に引導を渡すのだ。

「南雲さまには、ことばに尽くせぬほどお世話になった。おそらく、これが最後のご奉公になろう」

高垣は親爺に深々とお辞儀し、見世の外へ出た。

もはや、真夜中である。

空には無数の星が瞬いていた。

ずんぐりした背中にしたがい、夜道をどれほど歩いたであろうか。

鎌倉河岸から駿河台へ向かい、迷路のような番町を横切ったところまではおぼえている。半蔵御門を背にして、麴町を一丁目から五丁目まで早足でたどり、左手の大横町を上って、途中から右手に逸れた。

道の左右には、大名屋敷の海鼠塀がそそり立っている。

奈落の底と化した清水谷まで一気に下り、谷底から紀尾井坂を重い足取りで上った。そして、ようやく行きついた高台は外濠を左右に分ける喰違、御門のない御門としても知られる空き地には「首縊りの松」が植わっているという。

「こんなところに、順斎はおるのか」

「おるはずだ」

高台に立つと、空から星が降ってくるようにみえた。

生暖かい風に頰を撫でられ、振り向けば闇の奥に殺気が渦巻いている。

ぼっ、ぼっと、篝火が点いた。

松明を手にしているのは、灰色の顔をした浪人たちだ。

三人いる。

炎に照らされた顔をみれば、いずれも、額に「犬」の朱文字を浮かびたたせていた。

三人の背後には、黒衣の陰陽師が控えている。

「八代順斎か」

求馬が呼びかけると、順斎らしき男は呵々と嗤った。

「くかか、よう来た。ここにおる三人は、わしが見込んで僕にしてやった者たちじゃ。各々に一流を究めた連中でな、こたびの打ち毀しでも痩せ浪人どもの束ねを担ってくれた。さて、伊吹求馬とやら、おぬしの選ぶ道はふたつしかない。四人目の僕になるか、それとも、三人を倒して生き残り、蟲となってこの世に君臨するか」

「蟲とは何だ」

求馬の問いかけに、すかさず、順斎は応じる。

「凶のなかの凶、この世に闇をもたらす地獄の使わしめじゃ」

「まやかしの術を使って、おぬしはいったい何がしたい」

「さあな。わしはただの傀儡使いにすぎぬゆえ、そのお方のお考えはわからぬし、知ろうともおもわぬ」

「そのお方とは」

「知る必要はない」

「何だと」

「ふふ、怒るがよい。感情が昂ぶれば、術も掛けやすくなるというもの……あんたりをん、そくめつそく、ぴらりやぴらり、そくめつめい、ざんざんきめい、ざんきせい……」

順斎が早口で咒を唱えると、頭が割れんばかりに痛くなった。

求馬は両手で耳をふさぎ、身を捻りながら痛みに耐えつづける。

「……くはは、抗えば苦しみは増すだけじゃ。苦しみから逃れたくば、頭のなかを空っぽにせよ。すぐさま、楽になるぞ」

「くっ」

蹲る求馬の腕を、高垣が必死に持ちあげようとする。

それに気づいた順斎が一歩踏みだし、忌々しげに発してみせた。

「ふん、虫螻め。おぬしの裏切りなど、疾うのむかしに気づいておったわ。それっ、あやつから始末せよ」

順斎に命じられ、ふたりの傀儡が躍りだしてきた。

「ひょう、ほう」

奇声を発し、刀を抜きはなつ。

高垣は身を沈め、刀の柄に手を添える。

居合抜きの構えだ。

「……ま、待たれよ」

求馬は立ちあがり、前へ踏みだそうとした。

高垣がこれを押しとどめ、ふっと微笑む。

「申したであろう、腕には少々自信がある。わしにも格好つけさせてくれ」

颯爽と身をひるがえし、襲ってくる相手に立ちむかう。

「ふん」

やにわに、抜き際の一刀を浴びせた。

――ばさっ。

袈裟懸けが見事に決まり、相手は地べたに頭を叩きつける。

ところが、つぎの瞬間、糸で吊られたように起きあがってきた。

「首を刎ねろ」

求馬が叫ぶと同時に、高垣は片膝をついた。

傀儡浪人に、ばっさり腹を斬られたのだ。

「高垣どのっ」

傀儡は血を吐きながらも、高垣にとどめを刺そうとする。

求馬は必死に駆け寄り、宝刀の国光を抜きはなった。

「ねいっ」

擦れちがいざま、一刀で傀儡の首を刎ねる。

さらに、もうひとりの傀儡が背後から斬りつけてきた。

求馬は横三寸の動きで脇に避け、相手の脾腹(ひばら)を掻いてみせる。

「ぬおっ」

振りかえった傀儡は刀を大上段に構え、猛然と振りおろしてきた。

これを受けずに空かし、相手の右腕を肩からばっさり斬りおとす。

傀儡はくるくる回転しながら、崖下の濠へ落ちていった。

求馬は急いで身を寄せ、高垣を抱き起こす。

「高垣どの、しっかりせい」

「……す、すまぬ……こ、これで、ようやく」

そう言いかけ、目を開けたまま、こときれる。

手に握られていたのは、妻と娘の位牌だった。

多くの浪人たちと同様、高垣嘉次郎も死に場所を求めていたのか。

これでようやく、妻子のもとへ逝けると言いかけた顔は、微笑んでいるようにもみえた。

十一

順斎の嗤い声が闇に響いた。

「くふふ、別れは惜しんだか。ほれ、あれをみろ」

向けられた顔のさきには、松の古木が立っている。

――首縊り。

などと揶揄される恐ろしげな松の高みから、何かがぶら下がっていた。

三人目の傀儡浪人が木の根元に立ち、下から松明を掲げてみせる。

「あっ」

太い梢に縄が掛けられ、後ろ手に縛られた子どもが吊り下げられていた。

「松太郎」

「そうじゃ、おぬしが捜しておるのは、あの小童であろう」

「くうっ」

怒りが腹の底から迫りあがってくる。

「そうじゃ、もっと怒れ。我を忘れるほど怒れば、おぬしは最凶の蟲となるやもしれぬ……」

順斎の呪文が、からだを縛りつけてくる。

「……ざんだりひをん、しかんしきじん、あたらうん、をんぜそ、そくぜつ、うん、ざんざんだり、ざんだりはん……」

求馬はわずかに残る正気を奮いたたせ、帯に挟んだ鉄火箸を握った。

震える手を持ちあげ、左の腿に突き刺す。

南雲の念が籠もっているわけでもなかろうに、霧が晴れたような気分になった。

術がはらりと解け、額の朱文字も嘘のように消える。

だが、松太郎は相手の掌中にあった。

「動くでないぞ」

順斎が叫ぶ。

「おぬしに勝ち目はないのだ。わしの傀儡になると約束いたせば、小童の命は助けてやろう」

「約束できぬと言ったら」

「小童の腹を裂き、臓物（ぞうもつ）をみせてくれようぞ」

「くうっ」

「ぬはは、おぬしに勝ち目はないと申したであろう」
仰け反った順斎が、途中で嗤いを引っこめた。
凶兆を感じたのだ。
――びん。
あらぬ方角に弦音が響いた。
――ひゅるる。
鏑矢（かぶらや）がけたたましい音を起て、闇を真横に切り裂いた。
傀儡浪人が両耳を動かし、弦音のしたほうへ駆けだす。
一方、鏑矢は松の枝を掠（かす）め、梢から吊り下がる縄を断った。
――ぶつっ。
松太郎が落ちてくる。
――どさっ。
頭を地に叩きつけた。
と、おもった刹那、横合いから黒い影に抱きとめられる。
猿婆だ。
――びん、ひゅるる。

草叢から射られた二本目の鏑矢が、順斎の胸に命中した。

「うっ」

と、同時に、草叢に駆け寄った傀儡浪人の首が宙に飛ぶ。

誰が成敗したかはわかっていた。

丈の高い草を分けてすがたをみせたのは、左手に弓を提げた志乃にほかならない。

「ふん、手間の掛かる男よ」

こちらにひと声掛け、すたすたと順斎のほうへ向かう。

求馬も遅れまいと、手負いの陰陽師に近づいていった。

「急所は外した。言いたいことがあれば、聞いてやろう」

志乃は上から順斎を見下ろし、乱暴に腹を踏みつける。

ずぼっと、鏑矢を引き抜いた。

「ぬぐっ」

順斎は苦しげに呻き、薄目を開ける。

「……や、八瀬のおなごか。洛中の御所に出入りしておったころ、噂に聞いたことがあった」

「くふふ、この世で最凶の蠱は生まれる。たとい、今ここでわしが死んでもな」
「ん、手遅れとはどういうことだ」
もう手遅れであろう」
「たいした意味はない。あのお方の名を言うつもりはないし、言うたところで、
順斎は声を出さずに笑った。
「どういう意味じゃ」
のそばまで近づけるかもしれぬ」
「ふふ、名を聞いてどうする。成敗するのか。なるほど、おぬしなら、あのお方
も、洗いざらい吐くのだ」
ろ盾になっている者の名を言うてみよ。ついでに、そやつが何を企んでおるのか
「ふん、わたしのことはどうでもよい。おぬしは誰の指図で動いておるのだ。後
は知らなんだ」
す公家もおった。されど、八瀬衆が守護とたのむ近衛家の者とて、まことの理由
比叡山の坊主どもと揉めており、仲裁する代わりに主家の娘が人質になったと申
「鬼より強いと評された酒呑童子の落とし子が、何故、徳川の犬となったのか。
「どんな噂じゃ」

「何だと」

むぎゅっと嫌な音がして、順斎は口から血を流す。

「こやつめ、舌を噛み切りおった」

もはや、手のほどこしようもない。

順斎はごぼごぼと咳きこみ、大量の血を喉に詰まらせて死んでいった。

「ずいぶんと、屍骸が転がりましたな」

後ろの濁声(だみごえ)に振りむけば、猿婆が眠った男の子を抱いていた。

「ほれ、おぬしの弟子じゃ。おぬしのせいで、恐い目に遭わされたのじゃぞ」

猿婆に皮肉を言われ、松太郎を貰いうける。

求馬は温(ぬく)もりを感じ、心の底から安堵した。

十二

夏越(なごし)の祓(はらえ)は近所で茅(ち)の輪(わ)を潜り、荒ぶる神を祓いなごめた。

暑い夏もようやく終わり、朝晩などは涼風が吹きはじめている。

打ち毀しの影響もあって、米の値は鰻(うなぎ)のぼりに高騰しつつあった。にもかかわらず、元凶とおぼしき札差の武蔵屋は野放しにされたままだ。評定所で悪事を裁くための確乎とした証しも得られていない。八代順斎の後ろに控えていた黒幕の正体もわからず、引きつづき探索するべきかどうかの命も下されていなかった。

市中ではあいかわらず、浪人狩りがおこなわれている。

深川の葦原には、新たな御囲が築かれたという噂も聞いた。

憂うべきは、高垣嘉次郎のような浪人たちが増えていくことだ。一部の者しか潤わぬ政事の仕組みを土台から換えねば、餓えた浪人どもが市中に溢れ、人々の暮らしがよくなろうはずもない。

老中として幕政を担う秋元但馬守は、きちんとわかっているのだろうか。

求馬は不満を募らせている。

一介の御家人風情が口を挟むことではないが、幕閣のお偉方には猛省を促したい気分だった。

高垣があのような最期を遂げ、求馬は深い悲しみと虚しさを抱かざるを得ない。

ただ、隣家の暮らしが以前と変わりのない様子であることだけが、一筋の光明かもしれなかった。

今朝も池之端へ向かうべく屋敷を出ると、松太郎が元気に挨拶してくれた。

「お師匠さま、お戻りになったら稽古をつけてください」

「よし、任せておけ」

恐ろしい体験を経たことで、かえって強くなったと、父の常田も言っていた。

求馬は自分のせいで拐かされたと告げられず、心のなかでは謝罪を繰りかえしていたが、松太郎を強い侍に育てあげることで恩返しをするしかないとも考えている。

母の福も持ち前の明るさを取りもどし、朝に夕に何かと世話を焼いてくれた。親しくなった者の死に触れたせいか、他人の優しさがいつにもまして身に沁（し）みる。

千代田城へ向かう役人たちは、あいかわらず忙（せわ）しない。

風向きによっては、西ノ御丸の御太鼓櫓（やぐら）から出仕を促す太鼓の音が聞こえてくるのだと、自慢げに教えてくれたのは松太郎であった。

そのはなしをおもいだし、ふと、道の途中で立ち止まる。

耳を澄ましてみると、なるほど、坤（ひつじさる）の方角から太鼓の音が微（かす）かに聞こえてきた。

——どん、どん、どん。

常田松之進の叩く力強い太鼓に鼓舞されつつ、求馬は不忍池の畔に沿ってみずからの居場所へ進んでいく。

おもえば、この池で蓮見船に乗ったところから、すべてがはじまった。

不死の浪人どもと戦った出来事は、悪夢だったとしか言いようがない。

まことに、順斎はこの世に最凶の「蠱」を産みおとしたのであろうか。

そのことの真偽すらも、今は確かめようがないようにおもわれる。

「よいのだ」

あれこれ考えるのは止めにしよう。

求馬はいつもどおり、秋元屋敷の門を潜り、中庭のみえる奥座敷へやってきた。

あいかわらず、南雲はいない。

正面の床の間に向かって、膳がぽつんと置いてあった。

平皿に載っているのは、立派な鯛の尾頭付きだ。

おもむろに正座し、緊張した面持ちで箸を取る。

ふと、床の間の花入れに目を遣れば、めずらしい花が活けてあった。

「合歓か」

夕方に開花するので、完全には開ききっていない。
だが、薄紅色の絹糸を集めた可憐な花であることはわかる。
もちろん、高垣嘉次郎の死を悼む手向けの花にちがいない。
——どん、どん、どん。
聞こえるはずもないのに、登城を促す太鼓の音が聞こえてくる。
死に場所をみつけた者たちへ捧げる鎮魂の太鼓であろうか。
見下ろす膳の平皿から、鯛がさきほどから睨みつけている。
ぐっと込みあげるものを抑え、求馬は祈るように箸をつけた。

吉良の亡霊

一

立秋ともなれば、夜風はひんやりと心地よい。

幕府奥右筆の野島金吾は、ほろ酔い加減で駕籠に揺られていた。

両国の料理茶屋で下り塩問屋から接待を受けた帰り、神田川沿いの土手道をたどって自邸のある駿河台へ向かっている。

ひと月ほどまえ、囲い込みの発覚した九十九屋が闕所となった。後釜を狙う塩問屋同士が、高価な赤穂塩の利権をめぐって熾烈な争いを繰りひろげている。今宵は幕府が認めていない運上金の取立に関する陳情であったが、はなしを聞いてやるだけでも大きな見返りが期待できた。

「ふん、禿鷹どもめ」

奥右筆は公方や老中の側にあって、政事の実務を仕切っている。国の行く末を左右しかねない施策にも関与できるため、随所からよからぬ相談事が持ちかけられてきた。それゆえ、清廉でなければ務まらぬ役目だが、誘惑に負けてしまう者も少なくない。

若い時分は「毒水は啜らぬ」と固く胸に誓っていた野島であったが、今ではすっかり味をしめ、大名家の重臣や御用商人どもを手玉に取り、どうやって役得を生かすかということだけに頭を使っている。

駕籠は筋違御門前の八辻原を抜け、勾配のきつい坂道の手前までやってきた。

「幽霊坂か」

怪しい名のとおり、左右に藪の茂る物淋しい坂道だ。

駕籠かきのほかには提灯を持つ供人がひとりだけ、野島は仄白い女の顔が闇に浮かんだ光景を想像し、ぶるっと身震いする。

「うえっ」

つるっと、先棒が足を滑らせた。

「ぬわっ」

突如、天地がひっくり返る。
駕籠は横倒しになり、枠木に頭を強く打った。
野島はどうにか身を起こし、垂れの隙間から外を覗く。
地べたが濡れていた。
一面の血。
何と、野良犬の屍骸が坂道に累々と転がっている。
「ひょええ」
駕籠かきどもは悲鳴をあげ、一目散に逃げていった。
「殿、だいじありませぬか」
若い供人が垂れを捲(めく)り、上から顔を覗かせた。
と同時に、すっと首が落ちる。
「げっ」
仰天する暇もない。
供人の首無し胴が、血を噴きながら覆いかぶさってきた。
これは、悪夢か。
野島は何とか駕籠から脱けだし、地べたに這いつくばる。

尋常ならざる気配が、すぐ後ろまで迫っていた。

恐ろしくて目も向けられずにいると、くぐもった声が聞こえてくる。

「世の中はちろりに過ぐる、ちろりちろり……何せうぞくすんで、一期は夢よただ狂へ」

室町の御代に世捨て人が謡った閑吟集の一節であろうか。

婆娑羅気質を詠じた一節に共感をおぼえたのは、ずいぶんむかしのはなしだ。

「……か、堪忍を、堪忍を」

腰が抜け、立ちあがることもできない。

野島は四つん這いで藪に分け入り、崖を転がり落ちた。

傷だらけになりながらも、途中で木の幹に引っかかる。

はっと気づけば、すぐそばに何者かの気配があった。

耳許を嬲る生暖かい風は、死に神の吐息なのか。

「奥右筆の野島金吾じゃな」

地の底から、死に神が問うてくる。

「……い、いかにも」

どうにか応じると、首筋に吐息を吹きかけられた。

「ひとつ教えてくれ。吉良家を改易と定めたのは誰じゃ」

「えっ」

「御屋敷を襲撃され、赤穂の連中に本懐を遂げられた。その折りの不手際を理由に、吉良家は改易となった。奥右筆のおぬしなら、存じておろう。わけのわからぬ理由で改易の断を下したのは誰じゃ。老中首座の阿部豊後守か」

「……ち、ちがう」

「ならば、阿部の対抗馬、秋元但馬守か……」

こたえるかわりに、野島は沈黙した。

死に神は、薄気味悪く笑う。

「……ふふ、そうなのだな。賢しらげな但馬めが大権現さまの遺言を破り、吉良家を葬ったのじゃな」

野島はうなずいた。大権現さまの遺言云々は与りしらぬはなしだが、誰もが嫌がる改易の決断を公方綱吉に進言したのは、自分の知るかぎり、秋元但馬守にほかならない。

「……さ、されど、最終のご決断は」

「わかっておる、犬公方であろうが」

勇気を奮いおこし、野島は問いかえす。

「……お、おぬしは、何者じゃ」

「わしか。そうじゃな、蠱とでもこたえておこう」

「それは名か。蠱とは何じゃ」

「おぬしなんぞが知らずともよい」

「望みは」

「決まっておろう、吉良家の再興じゃ」

「……さ、さようなこと」

「無理だと言いたいのか。ふふ、犬公方と但馬さえ消せば、望みはかなうかもしれぬ。なにせ、吉良家は鎌倉以来の名門ゆえな」

いかに名門であろうとも、一度改易にされた旗本が短期間で復活を遂げた例はない。

死に神は沈黙した。振りむこうとしても、野島は相手をみることができなかった。顔をみれば殺されるとおもったからだ。

漆黒の空から、小雨が落ちてきた。

沈黙に耐えかね、野島は声を震わせる。

「……わ、わしをどうする気だ」

「ふふ、どうしてほしい」

「助けてくれれば、何でもする。金が欲しければ、いくらでも」

野島は懸命に喋りながらも、右手を腰の刀に伸ばす。

無謀にも、死に神を斬ろうとおもったのだ。

「ぬおっ」

刀を抜いた瞬間、すぱっと右小手(こて)を落とされた。

「にぎぇっ」

激痛に顔を歪めながらも、左手で脇差を抜こうとする。

やにわに手首を摑まれ、凄まじい力でねじ曲げられた。

――ぼこっ。

肩の関節が外れ、柄を握った左手が妙な方向に曲がる。

切っ先が左胸に刺さり、みずからの心ノ臓を貫いていった。

「ぬぐ……ぐぐ」

霞む眸子(まなこ)に映ったのは女の顔。

やはり、幽霊なのか。

いや、それは「俤」と称される能面であった。

空洞と化した目穴の奥が、妖しげに光っている。

腐った魚のような臭いは、たぶん、死臭にちがいない。

それが「蠱」と名乗った相手のものなのか、それとも、死にかけたおのれの臭いなのか、判別する暇もないままに、野島金吾は奈落の底へ落ちていった。

「……何せうぞくすんで、一期は夢よただ狂へ」

疳高い声とともに、死に神の気配は遠ざかっていく。

毛のような文月の雨が、底なしの闇を揺らめかせていた。

二

今日は七夕、家々の大屋根に設えられた笹の葉が、さらさらと涼しげな音を起てている。

夕刻、求馬は毒味の修行を終え、秋元屋敷をあとにした。

立派な門をあとにして、不忍池から通じる藍染川を渡る。

ふと立ち止まって、川の向こうに目をやった。

川を遡ったさきにみえる杜は、甲府宰相と呼ばれる徳川綱豊公の御屋敷であろうか。

反対側の池之端には大名屋敷がつづき、通りひとつ隔てた向こうには下野国喜連川家の上屋敷が建っている。禄高は五千石の交代寄合だが、名門足利家の血統ゆえに城中の伺候席も加賀前田家と同等の大廊下にあり、表門も左右に破風造りの番所を構えた立派なものだ。

「おや」

海鼠塀に沿って歩いていると、髪の乱れた女が小走りで表門に近づいていく。すぐさま、門番らしき者の怒鳴り声が聞こえてきた。

「去ね。ここは駆込寺にあらず。当家に縁のないおなごは入れぬ」

求馬は無視できず、門前に駆け寄った。

六尺棒を持った門番が眉間に皺を寄せ、土下座する女を見下ろしている。

「お願いします。どうか、どうかお助けを」

「騒ぐでない。入れぬと言うておろうが」

地べたに額ずいて懇願する女と邪険にする門番、何だ何だと野次馬たちも集まってきた。

なるほど、駆込寺として知られる鎌倉東慶寺の住持は喜連川家先代当主の娘であり、その縁から江戸屋敷に駆け込む哀れなおなごも少なからずあると聞く。

「門前払いにされる道理はあるまい」

怒り半分で眺めていると、五分月代のうらぶれた侍が後方から息を切らしてやってきた。

「おのれ、あばずれめ」

逃れようとする女の襟首を後ろから摑み、ずりずりと地べたを引きずって門前から離れていく。

「ひゃああ、止めて……」

女がいくら叫んでも、門番はみてみぬふりをした。

「木偶の坊め」

求馬は悪態を吐きながらも、一歩を踏みだせずにいる。

野次馬たちも二の足を踏み、誰ひとり助けようとはしない。

五分月代の侍は大柄で眸子を血走らせ、関わった途端に本身を抜きそうな狂犬にしかみえなかった。

「……誰か、誰か、助けてください。このひとは酔うと庖丁を振りまわし、わたしを刺そうといたします」

女は引きずられながらも、必死に叫びつづける。

どうして振りまわすのが刀ではなく、庖丁なのだろうか。

そんな疑問も咄嗟に浮かんだが、求馬は放っておけなくなり、男の行く手に立ちふさがった。

「待たれよ。おなごが嫌がっておるではないか」

「だから何じゃ。亭主が女房をどうしようが、勝手であろうが」

「そうはいかぬ。助けを求めている者を放ってはおけぬ」

「何だあ。おぬし、死にたいのか」

侍は女の襟首を離し、無精髭（ぶしょうひげ）のめだつ顎を突きだすや、眸子を剝いて威嚇（いかく）する。

纏う着物は羊羹（ようかん）色に褪（あ）せ、随所に継（つ）ぎ接（は）ぎがほどこされており、食い詰め浪人にしかみえない。しかも、酒臭い息を撒きちらしていた。

「わしは吉良家に仕えておった剣客ぞ」

浪人はみずからの素姓を口走る。

「討ち入りの晩も、赤穂の連中と白刃を交えたのじゃ。不破数右衛門（ふわかずえもん）と渡りあい、一刀浴びせてやったわ。文句があるなら、刀で勝負をつけようではないか」

脅しつけて刀の柄を握ったが、抜こうとはしない。

いかにも軽そうな腰つきから、竹光ではないかと疑った。

「恐るるに足らず」

求馬が徒手空拳で踏みだすと、男は刀を抜きはなった。

「ん」

おもったとおり、刀身に輝きはない。

「ありゃ竹光だぞ」

野次馬のあいだから嘲笑が漏れた。

「くそっ」

男は顔を朱に染めて口惜しがり、どかっとその場に尻を落とす。

何をするかとおもえば、着物の前をはだけ、竹光の先端を痩せた腹に突きたてた。

「くそっ、くそっ、くそっ」

いくら突こうとしても、竹光では貫けない。

力を加減しているのか、皮膚は裂けもしなかった。

「お止めください」

助けを求めていたはずの妻女が、後ろから抱きついてくる。

泣きながら竹光を奪おうとすると、亭主もおんおん泣きはじめた。

逃れたいほど痛めつけられていたであろうに、妻は夫に縋りついている。

未練の欠片でも残っていたのか。

野次馬は鼻白む光景に背を向け、ひとり残らず消えてしまった。

本物の野良犬が一匹あらわれ、片足をあげるや、うらぶれた浪人と妻に小便を引っかけていく。

犬から小莫迦にされても、浪人は慟哭しつづけた。

求馬も溜息を吐き、その場から立ち去りかける。

「待ってくれ」

浪人に呼びとめられ、仕方なく振りむいた。

「頼む。妻を買ってくれ」

「えっ」

「城勤めの御家人でも、今どきは妻女に春を売らせておる。遠慮いたすな、ひと切り二朱でどうじゃ」

かたわらで女房は、さきほどとは別の悔し涙を流している。

求馬は切ない気持ちになりながらも、返事もせずに背を向けた。

三

海鼠塀の途切れたさきから辻を曲がると、人影がひとつ佇んでいた。

「ふふ、妻女を買ってやらぬのか」

嘲笑う声の持ち主は公人朝夕人、土田伝右衛門である。

伝右衛門は将軍綱吉の尿筒持ちにして武芸百般に通暁し、将軍を刺客から守る最後の砦となるべく命じられていた。そもそも、土田家は朝廷に仕えていたが、幕初より「間」をもって将軍に仕えよとの密命を与えられるようになった。

「間」とは間者のこと、主な役目は探索であるという。

それは本人でなく、秋元家留守居の室井作兵衛から聞いたはなしだ。

室井は秋元但馬守から「策」を講じるべく命じられており、喫緊の役目として「剣」をもって仕える刺客を捜していた。

伝右衛門は口端に冷笑を浮かべる。

「荒之助」

「上野介義央が廓の遊び女に産ませた男の子らしい。幼い頃から外戚腹と蔑まれて育ったとか。名は体を表す」

力が強いだけでなく、気性も荒々しく、箍が外れたら何をしでかすかわからぬ。善悪の見境すらなくなり、上杉家にあったときは家中の者を傷つけたりもしていたらしい。

それゆえ、弟の養子縁組に託けて、吉良家へお預けとなった。

「上杉家にしてみれば厄介払いにした恰好だが、唯一、赤穂の連中に首級を取られた義央だけが荒之助を御することができたとか」

「そのはなし、室井さまに聞いたのか」

「ああ、そうだ。討ち入りの晩、荒之助は廓に入り浸って留守にしていた。もし、屋敷におったら、赤穂浪士の偉業はなかったかもしれぬと、室井さまは仰った」

父が討たれたあと、荒之助はすがたを消した。

「吉良を見殺しにした上様や幕閣のお歴々に底知れぬ恨みを抱いているのは必定。それゆえ、一刻も早く行方を捜しださねばならぬのよ」

どうやら、それが室井に課された新たな密命らしい。

「たどりついたのが、あの屋敷だ」

伝右衛門は辻陰から踏みだし、顎をしゃくった。

同じ足利家の系譜を引く喜連川家の屋敷内で秘かに匿（かくま）われているとの密訴があり、さりげなく見張っていたところだったという。

「昨夜遅く、駿河台の幽霊坂で奥御右筆が斬られた。存じておるか」

「詳しくは知らぬ」

「奥御右筆は右手首を失い、左手に握った脇差でおのが心ノ臓を貫いておったらしい。しかも、坂道には野犬の屍骸が十頭近くも転がっていた。巷間で犬公方などと揶揄される上様への当てつけかもしれぬ。じつはな、それなども荒之助の仕業ではないかと、わしはおもうておるのよ」

「どうして」

「勘働きというやつさ。ふふ、荒之助のこと、おぬしに手伝わさせてやってもよいぞ」

「えっ」

「風見新十郎は、いまだ怪我が癒（い）えておらぬ。風見を出し抜く好機だぞ」

出し抜こうなどとは、つゆほどもおもっていない。正直、風見のことなどは忘れていた。

「じつはな、志乃さまにも助っ人をお願いしておる。荒之助にえらくご執心でな、喰違で舌を嚙んだ陰陽師との関わりを疑っておられたぞ」

そうと聞けば、助っ人を拒む理由はない。

求馬は拳を固め、伝右衛門を睨みつけた。

四

陰陽師の八代順斎は、自分が死んでも「最凶の蠱は生まれる」と言った。

洛中で語り継がれてきた「蠱」とは、猿婆によれば「この世を滅せしむる悪の権化（ごんげ）」なのだという。

伝右衛門の調べによると、順斎は物忌（ものい）みなどの行事で吉良家や喜連川家にも出入りしていたらしい。一方、札差の武蔵屋も両家に大名貸しに近いような大きな貸付をしていたようだ。四者の関わりには浅からぬものがあり、順斎も荒之助を認知していた公算は大きかった。

志乃の見立てでは、順斎の秘術によって荒之助に吉良上野介義央の怨念が憑依し、徳川家に害を及ぼす「蠱」になったのかもしれぬという。荒之助の面相を拝んだわけでもないのに、あながち突飛な考えではあるまいと、求馬はおもった。

奥右筆の野島金吾が斬られた件を調べたところ、難を逃れた駕籠かきの証言が得られた。凶事の担い手となった者のすがたはみておらぬが、野獣のごとき禍々しい咆哮を聞いていた。駕籠かきの言う「化け物」は、去り際に「吉良じゃ、吉良の怨念じゃ」と連呼しており、どうやら、伝右衛門もそれらの証言から荒之助と結びつけたようだった。

忘れてはならぬのが、順斎や武蔵屋には後ろ盾がいるということだ。

喰違で志乃と順斎が交わしたはなしの内容が、どうしても頭から離れない。

順斎は志乃ならば「あのお方のそばまで近づけるかもしれぬ」と言った。その意味は今もわからない。「あのお方」が誰で、何を企図しているのか、それこそが秋元但馬守や室井作兵衛のもっとも知りたいところであろうが、さすがの伝右衛門も黒幕に繫がる端緒すら摑んでいなかった。

秋元屋敷内で室井に呼ばれたのは、密命に携わって三日目のことである。

八畳ほどの部屋からは、不忍池を模した庭がみえた。いつもとはちがう方角から眺めると、まったく別の庭ではないかと勘違いしてしまう。ことに、濡れ縁のすぐ下に広がる石庭は溜息が漏れるほどの見事さで、亀石の巧みな配置や砂紋の美しい流れが奥深い禅味を感じさせた。

書院造りの床の間には、秋元屋敷に似つかわしくない軸が掛かっている。

――行春や鳥啼(なき)魚の目は泪(なみだ)

俳聖松尾芭蕉(まつおばしょう)の詠んだ一句であった。

「気になるのか」

後ろを振りかえることもなく、室井は静かに問うてくる。

「無理もあるまい。わが殿は儒学(じゅがく)に造詣(ぞうけい)が深くてあられ、上様にもご講義なさるほどのお方ゆえ、俳句なんぞにうつつを抜かす印象はなかろうからな。たしかに、俳句はさほどなさらぬ。ここに掛けた句は、まあ言うてみれば、戒めのごときものかもしれぬ」

「戒めにございますか」

今から十四年前、元禄二年弥生(やよい)の終わり、芭蕉は「おくのほそ道」の旅に出た。芭蕉庵を手放したため、食用の鯉を扱っていた門人杉山杉風(すぎやまさんぷう)の採茶庵(さいとあん)なる別宅から出立したのだが、採茶庵は、そもそもは生け簀の番小屋だった。ところが、生類憐みの令の一環として「生きたるものの商売」は禁じられてしまい、生け簀商売を生業にしていた杉風も結局、商いを辞めざるを得なかった。

千住宿まで見送りにきた門人たちのなかには、杉風の顔もあったはずだ。軸の句は千住宿での別れを惜しんで詠んだものとされている。膳に並ぶのがあたりまえだった鯉を食べられなくなったことへの戸惑い、活きのよい魚や鳥などを扱う商いが罰せられる窮屈な世の中、深読みをすれば、理不尽な触れで人々の暮らしを縛る公方綱吉への不平不満を、芭蕉は魚の泪に託して詠じたのではあるまいか。

秋元但馬守は幕政を司る老中として、我の強い綱吉公への諫言をも恐れぬ忠臣たらんと、常日頃からおのれに言い聞かせている。室井の言う「戒め」とは、おそらく、そういう意味なのだろう。

「奥州への旅立ちから五年後の秋、芭蕉翁は大坂で病没した。おぬし、病中吟を存じておるか」

「旅に病んで夢は枯野をかけ廻る」

「そうじゃ。死に際に夢を語った。そんなふうに死にたいと、殿はつぶやかれたことがある」

意外な感じを受けたが、秋元の人間味に触れられたようにもおもう。

「ふふ、どうじゃ、このところは。小豆移しと睨み鯛の修行を、ようやく解かれたようではないか」

「はあ」

「尾頭付きの骨取りは難しかろう。あれが難なくできるようになるまでには、最低でも十年は掛かる」

「十年にござりますか」

「もっとも、十年も待つわけにはいかぬ。鬼役に適した者は少ない。なにせ、毒を啖うて死んでも本望とおもわねば務まらぬ過酷な御役目ゆえな。ある程度の技量が備わったら、御役目に就いてもらわねばならぬ。ただし、南雲五郎左衛門の御墨付きを貰うたうえでのはなしじゃ」

「南雲さまの御墨付きにござりますか」

「そうじゃ。今の鬼役である皆藤左近を存じておろう」

「はい、一度城中でお目に掛かりました」

「あの皆藤とて、南雲に厳しく指南された。一人前のような顔をしておるが、南雲の御墨付きを得て出仕の機を得たのじゃ。おぬしは今、身心ともに数々の試練を課されておる。それらはすべて、南雲がよかれとおもうてやっておること。すべては、唯一無二の鬼役を上様のお近くへ送りだすためにやっておることじゃ」

「唯一無二の鬼役」

「かつて、南雲はそう呼ばれた。何を隠そう、唯一無二と仰せになったのは、綱吉公であられる」

「えっ」

「そろそろ、南雲が盲目になった逸話を語らねばなるまい」

室井は口をきゅっと結び、襟を正してから喋りはじめた。

「あれは今から九年前、芭蕉翁が病中で夢を詠じたのと同じ月のことであった」

定例登城の夕餉(ゆうげ)において、公方綱吉の御膳には常のとおりに鯛の尾頭付きが供されていた。同席した相番(あいばん)の鬼役によれば、南雲は箸で身の欠片を摘まみ、わずかに顔を曇らせたという。何と、鰭の化粧塩に山鳥兜(やまとりかぶと)の根を風乾(ふうかん)した烏頭毒(うず)が塗(まぶ)されていたのだ。即座に毒の混入を見抜いたにもかかわらず、南雲は平然と毒味をつづけた。

「烏頭毒は目にくる。南雲は三日三晩、生死の境を彷徨(さまよ)った」

どうにか一命は取りとめたものの、視力を失ってしまったのである。

「毒を盛ったのは、前年まで鷹匠の小頭だった男でな、鷹狩りを禁じた上様への恨みを募らせたうえでの凶行じゃった」

元鷹匠は捕まって厳罰とされたが、毒の有無を見抜くことができなかった御膳所の小役人や庖丁方は罰せられずに済んだ。

「庖丁人たちを罰すれば、鬼役は無用のものとみなされる。南雲が敢えて毒を啖い、身をもって御役目を全うしたことで、弱き者たちは罰せられずに済み、御膳所は威厳と士気を保つことができた」

あまりにも大きな代償を払ったとも言えようが、南雲は黙然と鬼役としての矜持をみせた。

「それがわからぬ上様ではない。のちに、御小座敷へわざわざ南雲を呼びよせ、あっぱれ唯一無二の鬼役なりと、涙をお流しになりながら、お褒めのことばをくださった」

内々のこととは申せ、中奥の御小座敷へ招じられた鬼役は、南雲を除いては後にも先にもいないという。

「寡黙な男だけに、誰かに自慢するようなことはせぬが、そのときの栄誉を生きる寄る辺として、南雲は粛々とおのれの生を全うしようとしておる。嫁も貰わず、家来も侍女も従けず、たったひとりで闇のなかを生きぬく覚悟でおるかのようでな、わしとて頭の下がるおもいじゃ。おぬしは、それだけの人物に鍛えてもろうておるのじゃぞ」

「ありがたき幸せに存じまする」

心の底から発し、求馬は深々と平伏した。

「されどな」

と、室井は溜息を吐いてみせる。

「わしは南雲が敢えて毒を吹い、上様に諫言したようにおもえてならぬのじゃ。上様が日頃からお唱えになる仁政とは、本来、弱き者や虐げられたものたちを守ることにほかならぬ。されど、いかに弱きものとて、牛馬や犬猫はまだしも、鳥のたぐいまで殺生してはならぬと命じるのは、あまりに行きすぎなのではあるまいか……ふふ、さようなことを公言いたせば、首を失わねばならぬであろうが、はたして、南雲の死を賭した諫言が何処まで届いたのか、わしのような者にはわからぬ」

南雲は本音をいっさい語らず、室井は南雲の逸話を借りて、行きすぎた施策への不満を吐露しているようにもみえる。

老中の秋元がどのように感じているのか、直に伺ってみたい衝動に駆られた。

「そう言えば、だいじなことを言い忘れるところじゃった。昨晩遅く、たいせつなお客人がおみえになった。当面のあいだ、奥座敷に移居していただく心積もりゆえ、おぬしも機をみてご挨拶申しあげるがよかろう」

「はあ」

求馬が内心で首をかしげていると、室井はおもむろに立ちあがり、狂言役者のごとき所作ですするすると足を運びつつ、部屋から出ていった。

五

室井の言う「たいせつなお客人」に御家人風情が挨拶に伺ってよいものか、少しばかり迷ったものの、求馬は好奇心を抑えきれずに奥座敷へ向かった。

すると、部屋へ通じる廊下の片隅に、裃姿の痩せた老臣が座っている。

供人にしては頼りない風情だが、こちらを睨む眼光だけは鋭い。

求馬は側まで足を運び、対面する恰好で正座した。

「ご挨拶に伺いました。御家人の伊吹求馬と申します」

相手は慇懃な口調で応じる。

「それがし、喜連川家の供廻りで、笹尾陣内と申す」

「喜連川家」

「室井どのから聞いておられぬのか。御部屋におわすお方をどなたと心得る。喜連川家ご当主、右兵衛督昭氏公にあらせられるぞ」

「げっ」

喜連川昭氏公のことならば、少しだけ調べた。齢六十二、在位は五十五年におよぶ。足利将軍家を継ぐ者として、最後の将軍だった義昭から昭の一字をとって名に付けた。それひとつとっても、名門であることを誇らしげに主張したい同家の強い意志が感じられる。

突如、襖ひとつ隔てた部屋の内から、くぐもった声が聞こえてきた。

「陣内、どなたじゃ」

「はっ、室井どのの意を汲んだ者かと」

「ならば、挨拶せねばなるまい」

「されど、御家人づれにござりまする。わざわざ、御目見得にはおよばぬかと」

「よいよい。どうせ暇を託っておったのじゃ。その者を通せ」

「はは、されば」

笹尾は頑固者らしく顔をしかめ、襖を両手で静かに開けた。

そして、求馬を身振りで呼びよせ、十畳ほどの部屋へ招き入れる。

「御無礼つかまつる」

求馬は笹尾につぶやき、敷居の側で平伏した。

昭氏らしき人物が、和（なご）やかな口調で言った。

「もそっと近（ちこ）う。遠慮いたすな」

「はっ」

求馬は中腰で近づき、ふたたび、畳に額ずいてみせる。

笹尾が横を擦りぬけ、上座の脇へ重石（おもし）のごとく正座した。

「伊吹求馬にござりまする」

改めて名乗りあげると、上から声がかぶさってくる。

「面（おもて）をあげよ」

「はっ」

面をあげ、相手のすがたをちらりとみる。

白檀（びゃくだん）の扇子をもてあそんでいるのは、顔色の芳（かんば）しくない小太りの老人にすぎない。

「そなた、御役は」

「鬼役見習いにござりまする」

「いかにも。されど、それがしは見習いゆえ、御城への出仕を許されておりませぬ」

「一度も御毒味をしたことがないのか」

昭氏は小莫迦にしたように言い、かたわらに顎をしゃくる。

「そこに座る笹尾陣内は、余の毒味を何度となくつとめた。のう、陣内、毒を啖うたこともあったのう」

「はい」

「されど、鉄の胃袋を持つ男ゆえ、腹を下しただけで済んだ。じつはな、つい先だってもあったはなしじゃ。陣内、余に毒を盛ったのは誰であったかの」

「確証はござりませぬが、御家老の渋江弥太夫さまに命じられ、小姓頭の石塔内膳が仕組んだやにおもわれまする」

「まちがいあるまい。江戸家老と小姓頭に裏切られたがゆえに、余は命からがら、秋元但馬守さまのもとへ逃げこんでまいったのじゃ」

「そは真実なれど、かような軽輩にお告げになるのはいかがかと」

「莫迦者、室井作兵衛は但馬守さまの懐刀と目される人物じゃ。かの室井が寄こした者なれば、余の役に立ってくれるはずじゃ。たとえば、刺客から命を守ってくれるやもしれぬ。陣内、身分の高低にこだわっておるときではないぞ」

「はは。お叱り、ごもっともにござりまする」

求馬の頭は、にわかに混乱をきたしていた。

足利家の宗家を継ぐ名門の喜連川家当主が、江戸家老を筆頭とする重臣たちに裏切られ、毒殺までされかけたあげく、屋敷を捨てて夜逃げも同然に逃れてきたのだ。

「ふふ、まさか、かほどの近くに隠れておるとはおもいもよるまい。のう、陣内」

「いかにも。敵の目を欺く(あざむく)には、最良の策かと存じまする」

「されど、あやつめの目は欺けようかな」

「荒之助めにござりまするか」

ふたりのあいだに、どんよりとした空気が流れた。

求馬は俯いたまま、耳をかたむけることしかできない。

「仰せのとおり、荒之助は狐憑きにござりまするからな」

「すでに、余がここにおることを察しておるやもしれぬ」

「それはござりますまい。室井さまにお願いして、御屋敷の周囲に結界を張り巡らせていただきました。それゆえ、まずは案じるにはおよばぬかと。この笹尾陣内、さようなこともあろうかと、次席家老の高梨刑部さまのご指示を仰ぎ、事前に秋元但馬守さまのもとへ荒之助のことを密訴しておいたのでござりまする」

「さようであったか。ま、おぬしがそこまで申すのならば、ゆるりといたそう」

昭氏はじっと考えこみ、それが癖なのか、爪を噛みはじめた。

「奥らはどうしておろうかのう」

「おそらくは、幽閉されておろうかと。されど、次席家老の高梨さまがご機転を利かせられ、どうにか切り抜けていただけておるものかと。いずれにせよ、殿がご無事であられるかぎり、きゃつらめも凶行は差しひかえましょう」

「だとよいがな。されど、何故、渋江ともあろう者が、何処の馬の骨とも知れぬ荒之助の言いなりになったのであろうか」

「まさしく、わからぬのはそこにござりまする。なるほど、荒之助なる者の噂は聞いたことがございました。何でも、吉良さまの御先代が京生まれの遊び女に産ませた子であったとか。荒々しき性分で刃傷沙汰を繰りかえし、預けられた上杉家でも持てあましておったと聞きました」

「不吉な縁を纏った者が巡り巡って、当家へ身を寄せてくるとはな」

「赤穂の田舎侍どものせいで、吉良さまが改易とされたからにほかなりませぬ」

「余が吉良家に同情を禁じ得ず、良い顔をしてしもうたばかりに、かような事態になったのかもしれぬ」

「あれよという間に御家を乗っ取られ、とどのつまり、殿は隠居を迫られるはめに。しかも、荒之助を世継ぎに認めよなどと、渋江さままでが言い出す始末」

「渋江め、それを拒めば、余が乱心の兆候をきたしたと幕府に上申するとまで言うておったわ」

「当喜連川家は足利家縁（ゆかり）の名門ゆえ、いかようなことがあっても改易はできまいと、高をくっておられるのでござりましょう」

「渋江め、腹を切らせねばなるまい」

「御意にござりまする」

「それにしても、五千石しかない喜連川家を乗っ取って、荒之助はどうするつもりなのかのう」

「渋江さまと小姓頭の石塔が密談しておるのを立ち聞きいたしました。それによりますれば、とりあえずは十万石の御大名と同等の格式を認めさせると、幕府のしかるべきお方が仰せだとか」

「幕府のしかるべきお方じゃと……黒幕がおるのか」

「さようかと」

「誰じゃ」

「まるで、わかりませぬ。じつを申せば、室井さまのほうでもお調べいただいておりまする」

求馬が部屋におらぬかのように、主従はとめどもなく恨み言を吐きつづける。

おかげで、事のあらましはよくわかった。

要するに、喜連川家は吉良家の血筋を引く荒之助に乗っ取られているのだ。

他藩で勃こった出来事ならば、秋元はその藩を改易にするかどうかの評定を開いたにちがいない。そうはせず、室井を通じて極秘で荒之助とその周辺の探索を命じたのは何故か、求馬は明確な意図をはかりかねた。

昭氏公の重い溜息が聞こえてくる。

「それにしても、奥のことが案じられる」

「さようにございますな」

「屋敷に忍びこみ、助けだしてくれる者がおらぬものか」

懇願するような眼差しを向けられ、求馬は慌てて目を逸らす。

まさかとはおもうが、これも室井作兵衛の意図した試練のひとつなのではあるまいかと疑った。

六

悪い予感は当たるもので、同夜、さっそく室井から密命が下された。

喜連川屋敷に忍びこみ、正室のお吉の方を救いだせというのだ。

お吉の方は織田家の血脈に連なる気丈な女性で、足手まといになるからと主張し、昭氏公をさきに逃したらしかった。心配で夜も眠れぬと泣きつかれたら、秋元但馬守としても捨てておくわけにはいかなかったのだろう。

求馬は密命を果たすべく、闇に紛れて喜連川屋敷へ向かった。

かつて、駆込みを拒まれた黒部又七の妻女を見掛けたところだ。

門は閉まっており、門番もいなければ、灯りも点いていない。

何の気なしに近づくと、物陰から粗朶のような手が伸びてくる。

袖を摑まれ、かなりの力で引っぱられた。

「門前をぶらつくでないぞ」

誰かとおもえば、猿婆である。

「助っ人にまいった」

と、胸を張る。

「おぬしだけか」

「わしだけで悪かったな。残念じゃろうが、志乃さまはお越しにならぬ。何やかやと言い訳されておったが、要は化け物が恐いのじゃ」

ぷっと、吹きだしてしまった。

志乃にも恐いものがあったと知り、嬉しくなってくる。

「公人朝夕人も来ぬぞ。ほかの探索で忙しいそうじゃ」

「ふん、伝右衛門め、面倒な役目はこっちに押しつける気だな」

「案ずるな。わしは破邪の修行を究めておるゆえ、妖術には掛からぬ。侍三人ぶんのはたらきはしてみせようぞ」

猿婆の皺顔をまじまじと眺め、頼るべきはおのれひとりと、求馬は胸中につぶやく。

「喜連川家のご当主は、但馬守さまに頭をお下げになったそうじゃ。できることなら、娘と婿養子と四つの孫も助けてほしいとな」

「待ってくれ、お救い申しあげるのは、お吉の方さまおひとりではないのか」

「大人三人と幼子ひとり、わしらふたりで力を合わせれば何とかなろう。ただし、荒之助にみつからねばのはなしじゃ」

ひょっとして、猿婆は荒之助の強さを知っているのだろうか。

「知らぬ」

言下に否定され、求馬はがっくり肩を落とした。

「ともあれ、まいろうかの」

猿婆の背につづき、屋敷の裏手へまわってみる。

修復する費用もないのか、塀は随所で傷んでいた。

「ほれ、あそこに穴が開いておる。ちと、潜ってみろ」

「わしがか」

「ほかに誰がおる」

仕方なく四つん這いになり、穴を途中まで潜ったものの、奥は狭すぎて通り抜けられそうにない。しかも、穴の内壁には雀蜂が巣をつくっていた。

「うっ」

声を漏らさぬように、そっと後退りする。

穴から出た途端、ぶわっと雀蜂が襲いかかってきた。

一目散に遁走し、溝の縁で足を滑らせて堀川に落ちる。

腰まで水に浸かってから這い出ると、猿婆が笑い転げていた。

「あいかわらず、みていて飽きぬ男よ」

「くそっ」

溝の縁に立ち、ずぶ濡れの着物を脱いで絞る。

不幸中の幸いは、刀を濡らさなかったことだ。

「いっそのこと、褌一丁で忍びこんだらどうじゃ」

殺気走った目で応じると、猿婆はさすがに笑いを引っこめる。

「裏手に松の木が立っておったぞ。梢が塀の外まで張りだしておってな」

「それを早く言え」

ふたりで塀際を歩いていくと、なるほど、松の梢らしきものが海鼠塀のうえからにゅっと張りだしている。

「さきにまいるぞ」

猿婆は手鉤(てかぎ)の付いた縄を投じ、一発で梢に巻き付けてみせた。

そして、するすると縄を上り、高い塀のうえに降りたつ。

手招きされ、求馬も縄をたぐって上った。

猿婆は松の木に飛び移り、別の梢から梢へ順にたどって地に降りる。

求馬もまねをして、松の木に飛び移った。

ところが、最初に握った梢がぽきっと折れた。

そのまま地べたに落下し、背中を強(したた)かに打って息が詰まる。

「間抜けめ。おのれの重さを考えよ」

口数の多い躾婆(しつけばば)に急(せ)きたてられ、暗い敷地内を足早に進んだ。

着物が濡れているので動きは鈍いし、くしゃみも出そうになる。

我慢して奥へ向かうと、猿婆が足を止めた。

「しっ、人の気配を感じぬか」

夜空には膨らみかけた月があり、この程度の明るさならば、ふたりとも夜目が十分に利く。

猿婆が目を向けたさきには母屋があった。

雨戸は閉まっておらず、外廊下から容易に忍びこめそうだ。

ただ、目を凝らすと、廊下の左右に番士がふたり座っていた。

「あれを、どうにかせねばなるまい」

求馬は猿婆とうなずき合い、母屋に近づく途中で左右に分かれた。

忍び足で身を寄せると、番士はうたた寝をしている。

廊下にそっと上がり、下腹めがけて当て身を食わせた。

番士は声もなく蹲り、反対側に首を捻れば、猿婆が手招きをしている。

難なく、番士を眠らせたのだ。

猿婆は敷居に油を注ぎ、音を起てぬように襖を開けた。

敷居を踏みこえてみると、親子三人が川の字で眠っている。

婿養子の夫婦と四つの幼子であろう。

「梅千代君じゃ」

猿婆はそっと漏らし、畳を滑るように近づくと、川の字のまんなかで眠る梅千代を抱きあげる。

そして、氏春という次代当主の肩を爪先で蹴った。

「えっ」

いくら何でもそれはなかろうと、求馬はたじろぐ。

氏春は目を覚まし、はっと息を呑んだ。

「しっ、お静かに」

猿婆が上から睨みつける。

「昭氏公の御命でお救いにまいりました。お吉の方さまは何処に」

「……と、隣の棟じゃ」

娘のほうも目を覚まし、もぞもぞ起きてきた。

我が子を抱いた猿婆を食い入るようにみつめ、悲鳴をあげかけたので、求馬がさっと掌で口を覆う。

「ご案じめさるな。お父君の御命でお救いにまいった」

掌を離すと、娘は苦しげに咳きこむ。

「なれば、おふたりは裏門へ。外に出て、しばしお待ちくだされ」

猿婆から梅千代を手渡され、娘はほっと安堵の溜息を吐いた。

身支度もそこそこに、猿婆の先導で部屋から脱けだす。

親子をそのまま行かせ、ふたりで廊下伝いに隣の棟へ忍びこんだ。

やはり、こちらにも番士がひとり座っている。

猿婆に目で指図され、求馬は忍び足で近づいた。

番士は目を瞑っていたが、気配を察して目を開ける。

「ぬわっ、くせも……」

叫びかけた口をふさぎ、下腹に素早く当て身を食らわせた。

猿婆は部屋に忍びこみ、お吉の方らしき女性を背負ってくる。

「長居は無用じゃ」

ひとりひとり背負ったまま廊下を駆け戻り、ふわりと庭へ飛び降りた。

驚いている暇もなく、廊下の向こうから番士たちが押し寄せてくる。

「くせものじゃ。出会え、出会え」

当て身を食らわせた番士の声を聞き、異変を察したのであろう。

「あとは頼むぞ」

猿婆は言い置き、背負ったお吉の方ともども、後ろもみずに去っていく。

求馬はできるだけ時を稼ごうと、十人ほどの番士たちに対峙した。

「くせものめ、誰の手の者じゃ」

番士たちを率いるのは、頭頂の尖(とが)った狐目の男だ。

物腰から推すと、かなりの遣い手であろう。

だが、恐ろしい相手はほかにいる。

「出てこい、荒之助」

求馬は敢えて挑発するように叫んだ。

すると、何処からともなく、怪しげな謡いが聞こえてくる。

「世の中はちろりに過ぐる、ちろりちろり……」

「荒之助か」

背筋が凍りついた。

番士たちが左右に分かれ、後ろの暗闇から大きな人影があらわれる。

「……何せうぞくすんで、一期は夢よただ狂へ」

閑吟集の一節を唸るのは、酒樽と見紛うばかりの巨漢にほかならない。

月代は剃っておらず、簾のごとく伸びた前髪に顔半分が覆われていた。

髪の奥で赤い眼光を炯々とさせ、尋常ならざる殺気を放っているのだ。

修羅能に登場する鬼神や鬼畜は、醜悪な面を毛量豊かな鬘で覆う。喩えてみれば、災厄の象徴とされる土蜘蛛であろうか。想像を遥かに超える醜悪さのかたまり、文字どおり、化け物と言うよりほかにない。

「荒之助さま、ここはわれらにお任せを」

発したのは狐目の男だ。

荒之助は片手を伸ばし、狐目の襟首を摑むや、ぐいっと引きあげる。

「……ま、待たれよ……そ、それがしは、小姓頭の……い、石塔内膳にござる」

「ぬおっ」

荒之助は襟首から手を離し、石塔をどんと蹴りつけた。

「隙あり」

求馬は低い姿勢で迫り、宝刀の国光を抜きはなつ。

「妖魔退散」

微塵の躊躇もみせず、上段から白刃を振りおろす。

――ばすっ。

化け物の右腕が、肘の上から落ちた。

その腕が何と、大蛇がのたうつように蠢(うごめ)いている。

「ひぇっ」

番士たちは腰を抜かし、声すらも失ってしまった。

荒之助は血を振りまきながらも、平然としている。

怯む様子もみせず、残った左手で刀を抜いた。

「ぬおっ」

四尺に近い剛刀である。

それを片手一本で掲げ、大上段から振りおろしてきた。

――ぶん。

刃風が全身を総毛立たせた。

どうにか避けたが、とうていかなわぬと、素直にみとめるしかない。

求馬は中段の突きを見舞うとみせかけ、くるっと荒之助に背を向けた。

この場は逃げるしかないと、みずからに言い聞かせ、必死の形相で駆けだした。

七

猿婆の見事な活躍もあって、喜連川家の正室たちは無事に秋元屋敷で匿われることとなった。昭氏公の喜びようはたいへんなもので、荒之助の右腕を断った求馬などは「酒呑童子の腕を斬った渡辺綱のようだ」と褒めそやされた。

ただし、同家の行く末には暗雲が垂れこめている。荒之助の息の根を止め、奸臣どもを一掃したうえで、一刻も早く昭氏公に戻っていただかねばならない。

秋元但馬守の望みは、名門足利家の血脈を静かに守りつづけることのようだった。室井によれば、それは「剣」をもって幕府に仕えるべき吉良家を改易せざるを得なかったことへの悔恨からくるものであるという。

幕政を司る人物が何をおもっているかなど、求馬には知る由もない。

十三日からの盂蘭盆会を迎えるため、市中の寺社門前には草市が立った。常から賑やかな下谷広小路にも、盆花や供え物などを売る見世が立ち並んでいる。

喧噪から逃れるように大路から横道に逸れると、花房町界隈の何やら淫靡な空気の漂う露地裏へ紛れこんでしまった。

つんと袖を引っぱられて振りむけば、年増がひとり俯いている。

手拭いで顔を隠してはいるものの、茣蓙を小脇に抱えた夜鷹ほどはうらぶれていないことがわかった。

纏う着物も継ぎ接ぎだが、高価そうな代物だ。

春を売るのに馴れておらぬのか、口も利かず、ただ袖だけを摑んでくる。

健気な仕種に絆（ほだ）される遊治郎（ゆうやろう）もいるかもなとおもいつつ、求馬は袖を振り払おうとして、はっと息を吞んだ。

見知った顔なのだ。

「もしや、黒部又七どののご妻女ではあるまいか」

「あっ、あのときの」

「さよう、そなたが喜連川屋敷へ駆け込もうとしたところに行きあたった者だ。伊吹求馬と申す。秋元屋敷に身を寄せる御家人でな」

「あのときは、お見苦しいところをおみせいたしました」

「それにしても、まだこんなことをやらせておるのか。懲りないご亭主だな」

呆れたように漏らすと、妻女は口をへの字に曲げた。

「繕いの手仕事だけでは、お家賃もお支払いできませぬ。食べるためならば、致し方のないことにござります」

「わからぬな。そうまでして、あのご亭主に従いていこうとする心持ちが」

「わたくしにも、よくわかりませぬ。庖丁を突きつけられたときは、咄嗟に逃げてしまいました。でも、今にしておもえば、喜連川さまの御屋敷に駆け込もうとした自分が情けなくなります」

「他人に言われたくはなかろうが、惚れた相手が悪かったということか」

「仰せのとおりかもしれませぬ。されど、生前から運命の糸で繫がっていたのだと、おもうようにしております」

運命の糸と聞き、妻女の名が糸であったとおもいだす。

「ところで、ご亭主は吉良家と縁が深いと言うておられたな。もしや、荒之助という名をご存知なかろうか」

「わたしは存じあげませぬが、どうしてもお知りになりたければ、今から主人のもとへお連れいたします」

「よいのか」

「かまいませぬ。主人はああみえて、たいそうな寂しがり屋で、お越しいただければきっと喜びましょう」

半信半疑ながらも、糸という妻女の背にしたがった。

たどりついたさきは隣町、材木置場などで火事が多発したために「悪魔町」などと揶揄される佐久間町の一角である。露地裏を進むと、朽ちかけた木戸門の向こうに、浪人夫婦の暮らす貧乏長屋があった。

「あちらでござります」

木戸門を潜ってどぶ板を踏みつけると、粗末な着物を着た嬶ぁたちが好奇の目を向けてくる。井戸端や稲荷明神の近くでは、洟垂れどもが子犬のように駆けまわっていた。

糸に招じられて破れ障子を開けると、酸っぱい臭いに鼻を衝かれる。

黒部は昼間から安酒を啖っているらしい。

無性に腹が立ってきた。妻女に春を売らせておきながら、おのれは怠惰な日々を送る。そんな亭主にろくなやつはいない。本来なら喋りたくもない相手だが、荒之助のことを聞かねばならぬと、怒りを抑えた。

「ほう、誰かとおもえば……ん、誰であったかな」

おぼえていないのだろう。求馬はあらためて名乗り、喜連川家の門前で出会った経緯を告げた。

「ふうん、さようか。おぬしに、糸を買わせようとしたのか。それは無礼なことをしたな。で、今日こそは、糸を買ってもらえるのか」

黒部は酒臭い息を吐き、けらけら笑いだす。

「戯れ言だ。真に受けるな」

求馬は我慢し、単刀直入に問うた。

「吉良家に仕える剣客であったとか」

「さよう。赤穂の連中が襲いかかってきた晩、虫の知らせをおぼえたのは、わしひとりではなかった。されど、予想以上に攻めてきた者の数が多く、また、装具や武器も万全に整えておってな、寝込みを襲われたこともあり、散々な結末と相成った」

「不破数右衛門と刃を交えたのか」

「ああ、交えた。自慢ではないが、不破と互角に渡りあえたのは、このわしだけであろうよ」

すかさず、求馬は核心の問いを差しこむ。

「荒之助がおれば、無様な負け方はせなんだかもな」

「ん」

荒之助の名を出した途端、はなしの流れが止まった。

「おぬし、どうして荒之助のことを知っておるのだ」

黒部が探るような眼差しを向ける。

求馬は二日前にみた「化け物」の面相を脳裏に描いた。

「さるところで立ちあった。右腕を落としてやったが、荒之助は平然と左手一本で剛刀を振りまわした。あれは何かに取り憑かれているとしかおもえぬ」

「まさか、荒之助の右腕を断ったと抜かすのか。おぬし、とんでもないことをしでかしたな」

「どうして」

「荒之助には、吉良家御先代の怨念が憑依しておるのだ」

「御先代とは、上野介義央さまのことか」

「そうじゃ。大殿の怨念を鎮めぬかぎり、荒之助はどこまでも生きつづける。腕の一本や二本失おうともな。そして、かならずや、徳川の脅威となるに相違ない」

黒部はすっかり酔いが醒めたらしく、深刻な顔で黙りこむ。

「わしは一時、あやつに剣を指南しておった。それゆえ、弱点は知っておる」

「ほう、是非とも伺いたいものだな」

「もちろん、只では喋らぬ」

求馬は懐中に手を入れ、一朱金を摘まみだした。

それでは足りぬと言いたいのか、黒部は掌を引っこめようとしない。

さらに、もう一朱上乗せしてやると、ようやく重い口をひらいた。

「弱点は臍下にあり。丹田を貫けば、あやつはこの世に未練を残すことなく成仏いたそう。されどな、おのれの弱点はあやつもわかっておる。死中に活を求める気迫で懐中に飛びこまぬかぎり、勝ちを得ることはできまい。もっとも、あやつを化け物にした責の一端は、このわしにある。それゆえ、できれば、この手で成敗したい」

真剣な面持ちで吐露しつつも、黒部はみずからを嘲笑う。

「されど、刀は質屋に預けてある。三日のうちに二両払わねば、流されてしまうであろう。おぬしにどうにかしてくれる気があるなら、もっとおもしろいはなしを聞かせてやる」

求馬は、ちらりと糸をみた。

糸は戸惑いながらも茶を淹れ、深々とお辞儀をして部屋から出ていく。

黒部は目を細め、後ろ姿を見送った。

「あれは町屋の出だが、できたおなごだ。身を犠牲にして、かようなぐうたら侍に尽くしてくれよる。かたばみ屋という縫箔屋の一人娘でな、お蚕ぐるみで育ったにもかかわらず、芯は強い。双親がしっかり育てたのであろう。もっとも、吉良家が改易となったのち、双親は仲良く首を縊ってしまったがな。わしがしゃんとしておれば、糸を悲しませずに済んだやもしれぬのに……」

恨み言が終わるのを根気よく待ち、求馬ははなしをもとに戻す。

「まことにおもしろいはなしなら、二両を用立ててもよい」

「ほう、さようか。頼もしいな。よし、おぬしのそのまっすぐな眼差しを信じるとしよう」

黒部は糸の淹れた熱い茶を啜り、おもむろに喋りだす。

「荒之助は幼い頃より、周囲から疎まれ、蔑まれてきた。なかには、外戚腹なんぞと面罵する者もおってな。されど、まことは大殿が遊び女に産ませた子ではない。まことの母は由緒正しき公卿の娘御でな、世が世なら将軍の側女になってもおかしゅうなかったほどのお方じゃ。しかも、そのお方は今も大奥におられる。おられるどころか、大奥を牛耳る御年寄なのじゃ」

大奥御年寄は、表向きで言えば老中と同等の格式と権限を持つ。要するに、大奥の差配を任された重要人物ということになろう。

「そのお方が吉良家の御先代と通じておったことは、当然のごとく極秘にされた。すでに、そのお方はしかるべき身分であられたゆえな。宿下がりのたびに逢瀬を重ね、睦みあっておったと知れたら、大殿ともども厳罰は免れぬ。それゆえ、側近のなかでもごくわずかの者しか知らなんだ」

　黒部は茶ではなく、欠け茶碗の底に残った酒を嘗める。

「ふふ、何故にわしが知っておるのか、不思議におもうであろう。じつはな、大殿ご本人から伺ったのじゃ」

　隠居してから首級を獲られるまでの一年半ほど、もっぱら伽（とぎ）をつとめさせられていたという。

「大殿は若気（わかげ）の至りと仰せになったが、おそらく、誰かに言い遺しておかれたかったのであろう。そのおはなしを拝聴したのは、赤穂の殿さまが腹を切った直後のことであった。阿呆めが殿中で刃物を振りまわしおってと、大殿はたいそうお怒りでな。赤穂の殿さまが腹を切ったことよりも、ご自身が刃物を避けられなかったことのほうを悔やんでおられた」

　まさか、殿中での禍事（まがごと）から一年と八ヶ月後、赤穂浪士たちに自邸を襲撃されるとはおもってもみなかったにちがいない。

「されど、大殿はまんがいちの備えを怠ってはならぬと仰せになった。『まんがいち、上様と幕府にみかぎられたら、山を動かす。そのためには、跡継ぎの義周では頼りにならぬゆえ、荒之助を上杉家から呼び寄せ、吉良の家紋を守りぬかせねばならぬ』と、恐いお顔で仰せになったのだ」

「『山を動かす』とは、どういう意味であろうか」

「わからぬ。されど、大殿は『幕府をひっくり返す』と仰せになった。絵空事ではないぞ。そのための軍資金はある。何と、三万両だ。しかも、大半は足利家から受け継いだ壺金ゆえ、純金に近い。元禄小判と比べれば、三倍以上の値打ちはあろう」

　真偽のほどはわからぬが、壺金とはそもそも、落ち目の足利義昭が今後一切政事に関わらぬことを条件に、天下を獲った豊臣秀吉から下賜されたものらしい。金塊を呂宋壺に詰めて贈った由来から、壺金と称されるようになったという。

「『その壺金を、いざとなれば荒之助に預ける。徳川の世をひっくり返すために使えばよい』と、大殿は豪快に笑っておられた」

信じられぬと、求馬はおもった。だが、一介の素浪人にすぎぬ黒部には、大嘘を吐く理由などひとつもないのだ。

「信じられぬかもしれぬが、すでに、大殿のご遺志は荒之助に伝わっておる。吉良家無き今、あやつが頼るとすれば喜連川家であろう。お殿さまは凡庸ゆえ、欲深い重臣たちに壺金をちらつかせれば、御家乗っ取りもできぬ相談ではない」

すでに、黒部の語ったとおりに事態は進んでいる。

求馬は喉の渇きをおぼえた。

「喜連川家を足場にし、幕府に揺さぶりをかけるのだ。もちろん、荒之助ひとりではできぬ相談じゃ。鍵を握るのは、大奥のお方になろう。何らかの大仕掛けを講じ、荒之助を先頭に立てて江戸を混乱の坩堝（るつぼ）に落としこむ。すべては、大殿が生前に描かれた絵図なのじゃ」

あり得ぬ。

求馬は興奮を抑えきれず、顔を真っ赤に染めた。

「されば、荒之助の母御前（ははごぜ）の御名を教えてつかわそう」

黒部又七はわざと溜（ため）をつくり、こちらの反応を窺う。

これ以上、世迷い言（よまいごと）に耳をかたむける必要はないと、みずからを戒めながらも、求馬は身を乗りだしていた。

八

求馬はさっそく秋元家上屋敷へ向かい、室井作兵衛に面談を求めた。

「黒部なる者のはなし、あながち世迷い言ではないかもしれぬ」

室井の口から漏れたのは、おもいがけない台詞だった。何やら思い当たる節があったらしく、時を移さず、志乃に大奥潜入の密命を下したのである。

室井は黒幕の名を容易に言い当てた。

「調べさせる相手は、上臈御年寄の常磐さまじゃ」

朝廷で権中納言の位にあった水無月氏の娘で、才媛の誉れも高く、そもそもは洛中の仙洞御所において後水尾上皇に仕えていた。綱吉の正室である鷹司信子の推薦で鶴姫付きとなり、一時は嫁ぎ先の紀伊家に身を寄せたものの、十五年ほどまえに千代田城へ呼び戻されたのちは、上臈御年寄として大奥の総取締を任されるようになった。

信子の代参を差配したり、公家の姫たちを綱吉の側室に迎えたり、如才なく折々の役目を果たし、綱吉や信子の信頼を勝ち得てきたが、このところは横暴な振るまいがめだち、大奥内では秘かに「疫病神」と揶揄されているという。

「以前より気になる噂が立ちのぼっておった。とある歌舞伎役者にご執心でな、そやつに逢いたいばかりに、長櫃に隠して大奥まで運ばせたというのじゃ。しかも、代参や宿下がりに託けては、城外で逢瀬を重ねておったとか。まあ、少々いらぬ」
の色事なら目を瞑ってもよいが、政事に関わる禍事となれば看過するわけにはま
「政事に関わる禍事とはどのような」
「ほかならぬ、お世継ぎに関わるはなしよ」
長子相続の順番ならば、求馬でも知っている。一番手は前将軍の弟の長子であ
る甲府宰相の綱豊公、二番手は御三家筆頭で尾張家当主の吉通公、さらに、三番
手は紀伊家当主の綱教公となる。
ところが、綱吉自身は三人のいずれでもなく、みずからの直系を世継ぎにした
いと強く願っていた。たとえば、嗣子を授かるべく、祈願寺として護持院を建立
させたほどであったが、今から二十年前、齢三十八のときに嫡子徳松を失って以
来、いまだ実子を授かっていない。
「ここだけのはなし、もはや、お諦めになったようだと、周囲は嘆いておる」
五つで病死した徳松は、館林公の頃より寵愛してきた側室のお伝の方が産ん
だ。綱吉の実子は同じお伝の方が産んだ鶴姫だけで、齢二十七の姫は紀伊家に嫁
いでいた。近頃の綱吉は、鶴姫懐妊の祈願をしきりにおこなわせているという。
「このあたりまでなら、誰もが存じておるはなしじゃ。ところが、常磐さまはお

のが身分をわきまえず、上様が別の世継ぎをお選びになるよう、しきりに画策しておったというのじゃ」

求馬が不思議そうな顔をすると、室井は嚙んでふくめるように説いてくれた。

「鬼役は大奥のことも知らねばならぬ」

大雑把な勢力図を述べれば、将軍の実母である桂昌院は別格として、綱吉の御台所である信子と側室のなかで唯一子をもうけたお伝の方が陰に日向に張りあっているのだという。

もちろん、関白鷹司家の娘である信子と黒鍬者の娘だったお伝の方とでは、格に雲泥の差がある。同じ土俵で語るのもおかしいと言う者は多いが、こと世継ぎのはなしになると、様相は一変する。

綱吉はどうしても、みずからの血を引く者に将軍職を継承させたい。となれば、長子相続の家法に則って甥の綱豊を世継ぎにするのではなく、お伝の方が推す紀伊家の血筋を優先するほうに気持ちはかたむく。

「とは申せ、鶴姫さまに子が授からねば、すべては絵に描いた餅となる。そこで、常盤は動いた。第三の道として、お世継ぎに何と、有栖川家の正仁親王を推挽したというのじゃ」

宮将軍への禅譲を企図したのである。

「しかも、おのれの間者を中臈に化けさせ、恐れ多くも閨房で上様の耳許に囁かせたという。それがまことならば、即刻、打ち首に処せられるほどの大罪じゃ。されど、常磐さまへの御沙汰はいまだにない。すなわち、真偽のほどはわからぬというはなしじゃ。まこと、大奥には秘密が多い。秘密の花園に分け入ってしまえば、二度と出てくることはかなうまい」

志乃は大丈夫だろうとかと、心の底から心配になる。

「大奥には敵が多い。勘づかれたら、その場で舌を噛めと申しつけてある」

「そんな」

「案ずるな。志乃は下手を打たぬ」

秋元但馬守の手配りにより、志乃はとある局に仕える御端下に化けるという。繋ぎ役は、大奥の芥を集める塵箱爺に化けた猿婆がおこなう。爺に化けた婆が大奥の内と外を自在に行き来し、不忍池での桂昌院襲撃からつづく一連の不審事について、志乃が調べた内容を室井のもとへ届けるのだ。

求馬はそのはなしを聞き、陰陽師の八代順斎が喰違で死ぬ前に漏らした台詞をおもいだした。

志乃ならば、一連の禍事における黒幕とおぼしき『あのお方のそばまで近づけるかもしれぬ』という台詞である。なるほど、黒幕が大奥を牛耳る上臈御年寄ならば、男の身では容易に近づけぬはずだった。

「それにしても、常磐さまが吉良家のご先代と通じておったとはの」

しかも、荒之助という子までなしていた。

「お信じになられますか」

「信じがたいはなしではあるが、ふたりが裏で繋がっていたと考えれば、辻褄が合うことも多い。浅野内匠頭さまの処刑を即日におこなうべきと、常磐さまが儒者を通じて進言したと聞いた。吉良屋敷が本所へ移される際には頑強に抵抗し、上野介さまが討たれたあとは病を理由に部屋に籠もってしまわれたとも。このときばかりは周囲も吉良家との濃密な関わりを疑い、上様も側へ寄せつけぬようになったらしい。ともあれ、常磐さまが上様や幕閣のお歴々への怒りを募らせたことは想像に難くない」

そもそも、実家の水無月家は足利将軍の推挙で名家になり、朝廷内でしかるべき位を得たという。吉良上野介と同様、足利家に深い恩を感じていたにちがいなかった。

「それに、壺金のことは小耳に挟んだことがある。何処かに足利家再興のための隠し金があるという噂じゃ。常磐さまが長らく大奥に君臨できた理由のひとつは、周囲の局たちに金轡を嵌めたおかげだとも言われてきた。一時は『ばらまきの常磐』なんぞという不名誉な綽名までつけられてな」

大奥女中たちの贅沢な暮らしを下支えできたのも、打ち出の小槌の御用商人を抱えていたからだとも言われている。

「武蔵屋なる札差がおったであろう。伝右衛門の調べによれば、そやつなんぞは常磐さまに大名並みの貸付をしておるという。もしかしたら、吉良家に壺金が隠されていることや、上野介さまの遺言で莫大な遺産が荒之助なる者に譲りわたされたこと、さらには、荒之助との深い関わりをすべて知ったうえで、常磐さまに大金を貸しておるのやもしれぬ」

あるいはまた、数々の蛮行にもかかわらず、荒之助が何故に上杉家へ留め置かれたのかも、常磐の威光に遠慮したからだと解釈すれば、容易に説明がつこうというものだ。

「しかも、威光に翳りが出はじめてからは、怪しげな陰陽師に傾倒しておられたようじゃしな」

「怪しげな陰陽師とは、八代順斎のことでござりましょうか」

「そうであったとすれば、すべてが結びつく。黒部某のはなしは信じるに値するやもしれぬ。呪われた母子が、吉良上野介さまの怨念を晴らそうとしておるのやも。いいや、この世に未練を残す吉良さまご自身が、荒之助の身を借りて禍事を勃こそうとしておるのやもしれぬ」

「されば、吉良さまが仰せになった『山を動かす』とは、どういう意味にござりましょう」

「それじゃ」

明確なこたえがわかったのは、この日から四日後のことであった。

閻魔大王の斎日でもある十六日の藪入り、大奥女中たちも宿下がりで多くが実家へ戻るなか、いまだ、御年寄の常磐は朝から部屋に籠もったきりだという。

武家の門口に魂送りの送り火が焚かれた頃、志乃が大奥から舞いもどってきた。

「よくぞご無事で」

不忍池の下屋敷において、求馬が両手を広げんばかりに迎えいれると、志乃は不機嫌そうに舌打ちしてみせた。

「無事に決まっておろうが。おぬしなんぞといっしょにいたすな」

なんぞと言われ、しゅんとしてしまったが、志乃は短いあいだに数々の有益なはなしを仕入れてきた。

さっそく開かれた報告の席には、室井のほかに伝右衛門も同席している。求馬も末席に座ることを許されたので、志乃の探った内容を直に知ることができた。

まずは、常磐に関する噂は、お世継ぎのこともふくめて、そのほとんどが真実だったということに驚かされた。しかも、吉良家改易よりのちは綱吉公から疎まれるようになり、人が変わったように鬱々としはじめ、外見も病人のように窶れてしまっているという。

注目すべきは、桂昌院襲撃直後に老中首座の阿部豊後守にたいして、内々に浪人狩りを進言していたというはなしだった。

「わたくしの見立てでは、桂昌院さまを襲わせたのは、常磐さまにまちがいありませぬ。子飼いにしていた八代順斎に命じて、浪人たちに秘術を掛けさせたのです。おそらく、本気で桂昌院さまのお命を奪おうとなさったのでしょう。上様を不幸のどん底に落としこむために。されど、望みは果たせなかった」

「それで、つぎの一手を打ったと申すのか」

「はい。桂昌院さま襲撃に託けて、内々に浪人狩りを進言なされた」

「浪人たちを御囲に集め、よからぬことに使おうとした」

「いかにも。御囲に集められた浪人の数は、優に五百を超えておるとか。おそらくは、その者たちを叛乱の中核に据えるおつもりなのではないかと」

「ふうむ、叛乱か。そうかもしれぬとはおもうたが、にわかには信じられぬはなしじゃ」

「吉良上野介の言った『山』とは、市中に溢れる浪人たちのことにまちがいございませぬ」

きっぱりと、志乃は言いきった。

いざとなれば、荒之助に浪人たちを扇動させ、幕府をひっくり返す。それが吉良上野介の描いた絵図なのだ。

「常磐さまは、配下に御広敷の伊賀者を何人か抱えております。その者らを動かし、深川の御囲から浪人たちを解きはなつこともできましょう。底知れぬ不平不満を抱えた浪人たちを解きはなち、市中を混乱の坩堝と化さしめ、たとい、浪人たちが鎮圧されたとしても、幕閣のお歴々に責を取らせ、ひいては綱吉公を隠居に追いこむおつもりなのかもしれませぬ」

「たしかに、まんがいちにもそうした事態になれば、上様がいち早く断を下されるやもしれぬ」

仁政を旨とする綱吉ならば、市中の混乱を目の当たりにし、早々とみずから隠居してしまうにちがいないと、室井も同調する。

そののち、野心旺盛な母子は自分たちの意のままになる公家を将軍の座につけ、再興させた吉良家の者たちを幕政の中核に据えるのだ。

「つまりは、吉良上野介が生前に描いたとおりの世の中になるというわけじゃ」

室井の語る内容は、絵に描いた餅として一蹴することもできよう。だが、生類憐みの令をきっかけにして、世の中には人々の不平不満が溜まりに溜まっている。そうしたなか、吉良上野介が言ったとおりに「山」を動かせば、何かとんでもないことが勃きぬともかぎらない。

「されば、肝心なことを聞こう」

室井は襟を正し、志乃に向きなおる。

「常磐さまの狙う日取りはいつじゃ」

「四日後の二十日は、御三代大猷院（家光）さまの月御命日にござります」

「上様は寛永寺の霊廟へ参詣なされる。しかも、帰路はこの御下屋敷へ御下向いただくことになっておるぞ」

「常磐さまが山を動かすとすれば、まちがいなく四日後にござりましょう」

「ふむ。大猷院さま御霊廟への御参詣はお取りやめにできまいが、御下向のほうはお延ばしいただけぬものか、わが殿にもご相談つかまつるしかあるまい」

志乃は溜息を吐いた。

室井の顔にはあきらかに、焦りの色が滲んでいる。

踊らされた浪人たちには、どのような悲運が待ちうけているのか。

求馬の脳裏に浮かんでいるのは、悪夢としかおもえぬような光景だった。

九

三日後、御下向前日。

秋元但馬守としては、いまだ不確実な「叛乱」の疑いを上申するわけにもいかず、綱吉公御下向の予定を先延ばしにすることはできなかった。

秋元家の家臣たちは忙しなく動き、明日午後になるであろう御下向の備えを着々と整えている。喜連川家の当主らは、昨夜のうちに上屋敷のほうへ移されていた。志乃と伝右衛門は荒之助の動きを監視すべく、喜連川屋敷の様子を窺いにいったが、求馬には取りたてて密命らしきものは下されていない。

早朝からいつもの部屋に座り、鯛の尾頭付きと格闘していた。

そわそわして集中できようはずもなかったが、今朝はめずらしく南雲五郎左衛門が対座している。

いつもどおり、一分の隙もないすがたで端然と座り、ひとことも発しない。

床の間の軸には、太い墨字で「精進」と書かれてあった。時折、軸は交換されるが、初めて目にする文字だ。

花入れに活けてあるのは、山里などでよくみかける千振だろう。

すっと伸びた茎の先端に、紫の筋がはいった小さな白い花をいくつかつける。

「医者いらず」の異名もあり、乾かした根を煎じて飲めば胃の腑の痛みはすぐに治まる。千回振りだしてもなお苦いので、千振と名付けられたらしい。いずれにしろ、床の間に飾るには地味すぎる花だ。

尾頭付きの鰭や尾には、いつもより多めに化粧塩がなされていた。

不審におもっていると、南雲がおもむろに問うてくる。

「いかがした、塩を嘗めぬのか」

目はみえずとも、座っているだけで、こちらの仕種ばかりか、考えていることまで透けてみえるようだ。

求馬は塩をみつめながら、南雲が化粧塩に塗された烏頭毒のせいで盲目になった逸話をおもいだしていた。

「ひょっとしたら、というわずかな懸念が、呼吸の乱れを生じさせる」

すかさず、南雲にたしなめられた。

「毒と知りながらも毒を喰う。理不尽におもうかもしれぬが、それこそが鬼役の覚悟というもの」

「はい」

求馬は覚悟を決め、ぺろりと塩を嘗めた。

どうということもない。杞憂であったかと安堵した瞬間、突如、鋭い差し込みに襲われた。

「ぬぐっ」

屈んで胃の腑を鷲摑みにし、歯を食いしばる。

額に脂汗が浮かび、玉の汗が頰を伝って流れた。

南雲は膝立ちで身を寄せ、掌に黒い丸薬を握らせる。

求馬は丸薬を口に抛り、溜めた唾でごくんと呑んだ。

喉仏が上下したあとも、強烈な苦味が口に残る。

しばらくすると、痛みは嘘のように消えた。

「死なぬ程度に毒を仕込んだ」

南雲は平然とうそぶき、声を出さずに笑う。

「悪くおもうな。毒を啖うのも修行のうちだ」

「……は、はい」

「丸薬はどうであった」

「苦うございました」

「ふふ、その苦味こそが御役目の味。忘れてはなるまいぞ」

「はい」

南雲がにっこり笑った顔を、はじめてみたような気がする。

求馬は戸惑いと嬉しさと、一抹の不安を抱いた。

南雲は懐中から紙片を取りだし、畳のうえにそっと置く。

「丸薬は千振に熊の胆などを混ぜた練り物でな、調合の仕方は秘伝だが、紙に書いておいた」

南雲は床の間に顔を向け、わずかにうなずいてみせる。

軸に書かれた「精進」という字を頭に描いているのだろうか。

どことなく悲哀の漂う横顔を、求馬は乱れた心持ちでみつめた。

「南雲さま、これからも変わらぬご指南を、何卒よろしくお願い申しあげます」

必死の形相で訴えると、あっさり躱された。

「誰かを頼ってはならぬ。おのれの頭で考え、おのれの信じた道を進めばよい。何よりもたいせつなのは、安易に死んではならぬということだ。何故におのれが生かされておるのか、それをいつも念頭におくがよい。無論、侍であることを忘れてはならぬ。侍とは、いつなりとでも死ぬる覚悟を携えた者のことだ。されど、けっして命を粗末にしてはならぬ。命の重みを知らねば、死に場所を得ることもかなうまい。死に場所を得て潔く死ぬることができれば、侍として本望と心得よ」

「はい」

返事をしながらも、求馬は途轍もない寂しさにとらわれていた。

掛け替えのないものを失ってしまうかもしれぬという不安を感じたのだ。

南雲は厳しい口調で言った。

「迷っている暇はないぞ。おぬしには、行かねばならぬところがあろう」

「何処にござりましょうか」

「わからぬのか。深川の葦原へ馳せ参じ、御囲に閉じこめられた浪人たちを説きふせねばなるまい」

「えっ」

「侍大将は、おぬしをよく知る者のようだ」

「もしや、権田原権之介にござりましょうか」

「ようは知らぬ。さようなふざけた名であったやもしれぬ」

「何故に、それがしが」

「おのれの頭で考えよと申したであろう。おのれにしかできぬことを探すのだ」

南雲はいつになく多弁だった。教えるべきことはすべて教えたとでも言いたげに、最後はいつもの端然としたすがたに戻り、求馬ひとりを部屋に残して居なくなった。

縋りつこうとした背中は、坂道の遥か高みに揺れる陽炎（かげろう）のごとく、儚くも捉えがたいもののように感じられた。求馬はいつもどおり、西陽が斜めに射しこむ刻限まで魚の骨取りに勤しみ、やおら席を立つと、急いで屋敷から飛びだした。

十

御囲に行かねばならぬ。

敵将の調略に向かう軍師の心境とは、こういうものなのだろうか。

求馬は御囲の内に繋がれていたので、浪人たちの心境が手に取るようにわかった。

いまや、不平不満は暴発寸前になっているはずだ。となれば、ひとたび縛めから解きはなたれた瞬間から、市中に禍をもたらす「叛乱」の中核を担うであろうことは容易に想像できる。

南雲は今の情況まで見越したうえで、求馬がわざと捕まるように仕組んだのであろうか。だとすれば、南雲五郎左衛門こそが希代の軍師なのかもしれない。

求馬は何としてでも、期待にこたえたくなった。

浪人たちを説得できれば「叛乱」の芽を摘むことができ、ひいては徳川幕府と江戸の町を救うことに繋がるかもしれぬ。

御囲に近づけば期待も膨らんだが、それ以上に不安も大きくなった。

だいいち、敵将とおぼしき権田原が会ってくれるとはかぎらないのだ。説得よりもさきに、まずはどうやって会うかを考えねばならなかった。

小名木川を小舟で漕ぎすすみ、新高橋のさきで陸にあがった。

すでに陽は落ち、あたりは薄暗い。

思案しても策は浮かんでこなかった。ひと月近く前に高垣嘉次郎に逃がしてもらったあたりから、夜陰に紛れて忍びこむしかなさそうだ。

葦原の片隅には、いまや頑強な砦にしかみえぬ御囲が建っている。

海風をまともに受けるために、冬場の厳しさは容易に予想できた。与えられる物相飯は粗末な代物だし、浪人たちは常のように脱出の機を窺っているにちがいなかろう。

夜が更けるのを待って、裏手の塀に近づいた。

――うおおん。

山狗の遠吠えが、丈の高い葦叢（あしむら）のさきから聞こえてくる。

縛（いまし）めを解かれた浪人たちには、山狗よりも過酷な運命が待ち受けているはずだった。が、家畜も同然に御囲で繋がれているよりはましだろうと、ほとんどの者はおもうであろう。

ただひたすら、耐えろというのか。

浪人たちに激昂されたら、求馬には返すことばもない。

それでも、手をこまねいて眺めているわけにはいかなかった。

「おのれの頭で考えよと申したであろう。おのれにしかできぬことを探すのだ」

と、南雲に言われたことばをつぶやいてみる。

ひと月ほどまえに通りぬけできたはずの木戸は、頑なに閉じられていた。

塀沿いに歩いて慎重に調べると、乗りこえられそうな箇所をみつけた。

見張りの気配がないのを確かめ、太い木の枝をみつけて塀に立てかけ、何とかよじ登って敷地内に忍びこんだ。

暗闇には、篝火が点々と灯っている。

新たな棟が築かれており、景色は変わっていた。

とりあえず、権田原と出会った棟のほうへ向かってみる。

夜半は見張りが手薄になるのは知っていた。鍵の在処も見当はついたので、無人の番小屋へ忍びこんでみると、幸運にも鍵を入手できた。

ただ、このまま鍵を開けてしまえば、浪人たちが御囲を破るきっかけをつくってしまうかもしれない。そんな不安も過ったが、求馬は迷いを振りきって大部屋の鍵を開けた。

――がちゃっ。

やけに大きな音が、静まりかえった廊下に響いた。

暗がりに踏みこむや、がさごそと大勢が起きだす。

ぽつんと、行燈の灯りが点いた。

「かような夜中に、何の御用で」

連絡役らしき浪人が睨みつけてくる。

どうやら、牢役人だとおもったらしい。

「御家人の伊吹求馬と申す。権田原どのに会いたい。取り次いでいただけぬか」

「伊吹求馬どの……おぬし、腐れ役人ではないのか」

「いかにも」

「鍵はどうした」

「番小屋から盗んできた」

「ふっ、嘘を吐くな。われらを嵌める気か」

都合よく勘違いしてくれたようだ。

連絡役は引っ込み、強面の連中がぞろぞろ近づいてきた。

「ほう。こやつ、まことに伊吹求馬じゃ」

ひとりが声をあげると、ほかの連中も身を寄せてくる。

なかには、からだに触れようとする者まであった。

「まさか、生きておったとはな。腐れ役人どもの手で生き埋めにされたとおもうたぞ」

「へこたれずに偉い男じゃと、権田原さまも褒めておられたわ」

求馬は大勢に導かれ、部屋のまんなかへ進みでた。

正面にはあいかわらず畳が堆く積まれており、巨漢の権田原権之介が牢名主よろしく胡座を掻いている。

「ほほう、伊吹求馬ではないか。生き地獄からよう戻ったな」

懐かしい声だ。以前より貫禄が増したようにも感じられた。

「ちょうどよかった。おぬしがおれば百人力じゃ」

「ん、何をやる気だ」

知らぬ振りをして問うと、権田原は眸子を輝かせる。

「明日、御囲の門が開かれる。五百を超える餓えた浪人どもが、一斉に解きはなたれるというわけじゃ」

「解きはなたれて、おぬしらは何処へ向かう」

「われらは合戦場へ向かう。敵将の首級を獲ってやるのだ」

「敵将とは」

「決まっておろう、綱吉公じゃ」

求馬は黙った。

無謀だから止めておけと断じれば、血祭りにあげられるかもしれない。

身分が定まらぬというだけで虐げられる浪人たちの怒りを、ここに居れば痛いほどに感じることができるのだ。

「野武士の首領じゃったと申したが、あれはただの強がりじゃ。わしは五年前まで、備後福山藩十万一千石の水野家に仕えておった。大殿のご逝去で家督を相続なされた松之丞さまはまだ幼子、御目見得のために江戸へ向かわれた長旅で患い、御目見得の翌日にお亡くなりになった。お世継ぎを届けておらなんだゆえ、藩は改易となり、家臣らは路頭に迷わざるを得なくなったのだ」

権田原たちは初代藩主勝成の孫であった勝寿を跡目に認めてもらうべく、籠城までおこなおうとしたという。

「仁政を唱える綱吉公の温情をご期待申しあげたのだ。されど、そうはならなんだ。幕閣の重臣どもと結託し、ここぞとばかりに藩を潰しにかかったとしかおもえぬ。ほかにも似たように潰された藩はいくつもあった」

　備中松山藩の水谷家しかり、越前丸岡藩の本多家しかり、但馬出石藩の小出家しかり、美作津山藩の森家しかり、たしかに、例を挙げればきりがない。

「すべて、綱吉公の温情があれば救われた藩じゃ。ここにおる浪人たちはみな、以前はひとかどの侍として大名家に仕えておった者たちだ。それを野良犬のごとく扱い、平然とないがしろにしおって。さような公方に仁政を唱える資質があるのか」

　権田原は眸子を三角にさせ、唾を飛ばす。

　求馬は同情を禁じ得なかった。

「ふん、まあよい。綱吉公にどれだけの備えがあろうが、恐れるに足りぬ。刀を抜くことも忘れた幕臣どもなぞ、ものの数ではないわ」

「こちらの大将は誰だ」

「おう、それか。味方につくなら、教えてやろう。されど、安心いたせ。ご身分もお考えも、しっかりされたお方だ。そのお方はな、わしらを家臣に取りたててくれると仰った。合戦に勝てば、褒美はいくらでも出すと約束し、支度金までくれたのだ。これをみろ」

権田原は大きな麻袋を取りだし、中身を畳の下にぶちまける。

滝のように落ちてきたのは、山吹色の小判であった。

壺金の一部であろうか。

大将とは、荒之助のことなのであろう。

浪人どもは誰ひとり、小判を拾おうともしない。

権田原は真剣な顔でつづけた。

「金は必要だが、すべてではない。わしらには侍の矜持がある。世の中を変えたいのだ。人さまより犬のほうが偉い、そんな糞のような世の中をひっくり返したいのだ。高みに座って偉そうに仁を説く公方に、浪人たちがどれだけ困窮しておるのか、この際、骨の髄までわからせてやる。たとい、屍の山を築くことになろうとも、わしらの意志は変わらぬぞ」

迎え討つ幕府の力は絶大だが、失う者がない浪人たちの力をみくびってはならぬ。

「ひょっとして、おぬしはわしらを止めに来たのか。ふふ、御家人と申せば、幕臣の端くれだしな。いくらおぬしの頼みでも、こればかりは聞けぬぞ」

立ちあがった権田原が、雲を衝くほどの大男にみえる。

ここに集った浪人たちは、まちがいなく、元禄の世に禍をもたらすのではなく、新風を吹かせようとおもっているのだろう。

「伊吹よ、わしらは命懸けなのだ。ひとたび動きだしたら、この山は止められぬ。何があろうともな」

権田原は吐きすてて、豪快に笑いつづける。

求馬は、説きふせることばを失っていた。

十一

翌二十日、山は動いた。

市中の動向が予断を許さぬ情況のなか、公方綱吉のすがたは不忍池の秋元屋敷にあった。

午前に大猷院の霊廟に参ったあと、予定どおり、老中の下屋敷へ下向したのだ。

綱吉は気に入った家臣の屋敷へしばしば下向する。たとえば、側用人柳沢吉保(よしやす)の別邸へは頻繁に足を運び、四季折々に顔を変える六義園(りくぎえん)の風景を楽しんだり、好きな観能をおこなった。

秋元屋敷へ下向する目的は、庭の鑑賞や観能ではない。儒学の講義である。若い時分は秋元が講師をつとめたが、近頃は綱吉から教わる側にまわった。

徳をもっておこなう仁政とは、いかなるものなのか。

日の本を統べる将軍の態度は、どうあるべきなのか。

難解な講義をおこなっている最中、江戸市中に不穏な事態が発生したとの急報がもたらされた。

八つ刻（午後二時）のことである。

この頃、御囲から解きはなたれた浪人たちは二隊に分かれ、一隊は大手門をはじめとした各御門へ向かい、一隊はまっすぐに秋元屋敷をめざしていた。

求馬たちの予想に反して、整然とした行動をとっており、叛乱や擾乱と言うべきものは勃こっていない。ただし、数は二千人近くにまで膨らんでいた。物々しい風体の浪人たちが目抜き通りを練り歩くだけでも、市井の人々は震えあがった。千代田城内の幕臣たちは上を下への大騒ぎ、幕閣のお歴々は右往左往するばかりで評定を開く余裕もないという。肝心要の綱吉が不在なので、浪人たちを迎え討つべきかどうかの判断すらもつきかねているようだった。

一方、綱吉が引きつれてきた防の番士は、五百人ほどの数を揃えていた。秋元家の臣下を合わせても、向かってくる浪人たちを数で圧倒することはできない。ただ、秋元はまんがいちのために、精鋭の鉄砲隊である根来持筒組への出役を命じていた。おそらくは、一刻もせぬうちに五百人からの鉄砲足軽たちが到着するはずなので、それまでのあいだを無事に乗り切れるかどうかが勝負の分かれ目となろう。

また一方、喜連川屋敷は静寂に包まれ、荒之助が出張ってくる様子はなかった。求馬が右腕を断ったあと、荒之助が生きているのかどうかもわかっていない。さらに、大奥の動向も判然としなかった。御囲の浪人たちを解きはなったのは、常磐の指示を受けた伊賀者にまちがいなかったが、確たる証拠はなく、常磐自身も大奥で鳴りを潜めているようだった。

求馬は防のひとりとして、綱吉の側で警戒するようにと、室井から命じられている。昨晩は権田原を説得できず、失意を抱えながら明け方近くに屋敷へ戻ってきたのだ。

こちらをめざす浪人隊は御囲に繫がれていた者たちで構成され、中心で隊を率いている巨漢は権田原権之介にほかならなかった。

徒党を組んで将軍のお膝元を練り歩いただけでも、重い罪からは免れぬ。それがわかっているので、生きのびたければけっして失敗は許されず、浪人たちの誰もが目の色を変えて、綱吉の首級を狙うはずだった。

求馬は心を痛めている。

浪人たちだけが貧乏籤を引かされたようにおもうからだ。

昂揚しながら歩きつづける者たちは、誰ひとりとして、利用されていることに気づいていない。強大な幕府に立ちむかい、最期くらいは侍らしく死に花を咲かせたいと、多くの者が願っているのであろう。

だが、今は浪人たちを阻むことに集中しなければなるまい。

高みの見物と洒落こむ常磐が、求馬は憎くて仕方なかった。

綱吉は石庭をのぞむ奥座敷にあり、かたわらには秋元但馬守が控えている。

甲冑こそ着けていないものの、合戦場の陣幕内で策を練る大将と軍師のようだ。

室井は部屋の襖寄りに侍り、求馬は屈強な供侍らに交じって廊下の片隅に正座していた。

「ご注進、ご注進にござります」

小姓が馳せ参じ、廊下に片膝をつく。

「浪人どものすがたがみえました。その数、ざっと五百」

床几に座した綱吉は、緊張ぎみにうなずく。

もちろん、合戦など知らぬし、常から血をみるのも穢らわしいとおもっている。今勃こっている出来事がにわかに信じられず、浪人たちの気持ちをはかりかねているようだった。

秋元が落ちついた口調でなだめた。

「上様、屋敷の周囲は二重の防で固めてございます。ひとまずはご安心を」

「二重で大丈夫か。十重二十重（とえはたえ）に取りまかねば、危うくはないのか」

「もうすぐ、持筒組の加勢がまいります。それまでのご辛抱にございます」

「但馬守よ、浪人たちの狙いは何じゃ。わしに何をさせたい」

「しかとはわかりかねまする」

室井から報告を受けているはずだが、秋元は常磐の名を口にしない。

一連の経緯が表沙汰になれば、あまりにも影響が大きすぎる。大奥で関わりのない者たちまで処罰されかねないため、常磐を罰するにしても隠密裡におこなわねばならぬと考えているのだ。

「但馬守よ、これは浪人たちの叛乱か」

「いいえ。さようにお考えになるのはご早計かと」

「徒党を組んで市中を練り歩いた以上、厳罰は免れまい」

「はっ」

日の本を統べる将軍と老中の会話である。

浪人たちの命運は定まったも同然だった。

そこへ、表口のほうから何者かの声が響いてくる。

戦場さびの利いた重厚な声が、小さくではあるものの、風に乗って綱吉の耳にまで届いたのだ。

「われこそは備後福山藩を治めし水野家の元家臣、権田原権之介と申す者にござ候。ここに集った者たちはみな、侍の家に生まれ、善政の礎となるべく藩に仕え、御上のおこのう御政道の下支えをしてまいった自負がござり申す。不運にも拠り所を失い、江戸にては極貧暮らしを強いられてまいったものの、侍の矜持だけは捨てずにおり申した。故なき罪にて御囲に繋がれ、犬畜生よりも酷い扱いを受ける謂われはござりませぬ。かような御政道を糾さんと欲し、本日、蹶起した次第。申し開きされたき儀がござれば、直々におことばを頂戴たてまつりたき候ものなり」

あたりは、しんと静まっている。

綱吉の耳が、ぴくりと動いた。

少なくとも、権田原は「綱吉公の首級を頂戴したい」とは言わなかった。

そこにだけ、助けられるかもしれぬ一縷の望みがあると、求馬はおもいたかった。

「但馬守よ、何とかせい」

綱吉は困惑気味に吐きすてる。

この場を裁く器量に欠けているのだと、求馬は感じた。

さきほどとは別の小姓がやってくる。

「ご注進にござります。鉄砲隊が馳せ参じました」

「おう、そうか、やっと来おったか。但馬守、敵を囲み、一斉に筒先を向けさせよ。抗う者は容赦なく撃たせるのじゃ」

「ははっ」

秋元がうなずくと、伝令役の小姓は後退りしはじめた。

と、そのときである。

影のようにあらわれた人物があった。

「畏れながら、ただ今の御下知、しばしお待ちくだされますよう」

耳に馴染んだ声が、廊下の縁から聞こえてくる。

みなが一斉に振り向いた。

何と、南雲五郎左衛門が正座している。

「何やつじゃ」

綱吉は吐きすて、首を亀のように伸ばした。

秋元や室井が説くまでもない。

「ん、おぬし、鬼役の南雲ではないか」

「それがしのことなど、疾うにお忘れかと」

「忘れるはずがあるまい。役目とは申せ、わしの身代わりに毒を啖うてくれた。南雲五郎左衛門ほどの剛の者を忘れるはずがなかろう」

「ありがたきおことば。されど上様、本日は耳の痛いおはなしを言上いたさねばなりませぬ」

「あらたまって、何じゃ」

「御屋敷の外に集う浪人たちを、救っていただきとう存じまする」

「何っ」

「浪人たちに筒先を向けよなどと、上様、ご短慮にすぎまする」

切れ味鋭い物言いに、ことばを失ったのは綱吉だけではない。

秋元も室井も驚き、盲目の鬼役をまじまじとみつめていた。

南雲はつづける。

「人は国の宝。浪人たちひとりひとりにも、御政道に尽くしたいという懸命なおもいがござりまする。弱き者たちのおもいのたけを、徳をもってお汲みになられることこそが仁政ではござりませぬか。どうか、どうか、あの者たちに立ちなおる機会を与えていただきとう存じまする」

南雲は平伏し、さっと身をひるがえす。

「但馬守さま、御庭を拝借つかまつる」

石庭のまえに正座するや、ばっと裃を脱いでみせた。

純白の死に装束を纏い、小さ刀に懐紙を巻きつける。

「伊吹、介錯せよ」

叫ぶやいなや、南雲は刀の先端を腹に突きたてた。

ぐっと横に引き、引き抜いてさらに、下腹のまんなかを貫く。

「ぬおっ」

求馬は立ちあがり、庭へ飛びおりた。

前歯を剝いて必死に駆け、南雲の脇に立つや、腰の国光を抜きはなつ。

自分でも、何をしているのかよくわからない。ただ、南雲を苦しませたくないという一念だった。

両腕を持ちあげ、国光を右八相に構える。

眸子を瞑り、呼吸を整えた。

「……や、やれ」

南雲が首を差しだす。

「御免」

ひと声発し、求馬は国光を振りおろした。

――ばすっ。

首は落ち、南雲の胴は前屈みになる。

不思議と、涙は出てこない。

やるべきことをやったのだとおもった。

南雲はやるべき諫言をし、求馬はやるべき介錯をやった。

それだけのことだ。たったそれだけのことではないかと、みずからに言い聞かせた。
言い聞かせていると、涙がどっと溢れてきた。
滂沱と流れる涙のせいで、呆然と佇む綱吉のすがたが霞んでしまう。
頭の片隅には、こうなる予感があったのだ。
昨日の毒味指南が、最後になるのではないか。
南雲が死ぬ覚悟を決めたのではないかと、心の片隅では感じていた。
教わりたいことは山ほどあるのに、どうして死んでしまったのか。
悲しみは怒りに変わり、言い知れぬ虚しさにとらわれる。
死を賭した南雲の訴えは、綱吉に届いたのであろうか。
せめて、届いてくれたことを、求馬は祈ることしかできなかった。

十二

綱吉は泣いていた。
南雲の願いが届いたのである。

だが、肝心の浪人たちと防の番士たちは、対峙したまま睨みあっている。

「急がねばならぬ。伊吹、浪人たちのもとへ行け」

室井に命じられ、求馬はたじろいだ。

いったい、何をしに行けというのだ。

「前触れじゃ。上様から直々におことばを賜ると、浪人どもに伝えてまいれ」

暗に説得してこいと命じているのだ。

さような大役がつとまりましょうかと、胸中で問いかえす。

だが、口に出すことはできなかった。

綱吉と秋元が、じっとみつめている。

弱気な台詞を吐いた途端、御前から除かれるにちがいない。

「承知いたしました」

求馬はうなずき、平伏してその場を去った。

先導役の小姓たちが、憐れむような目を向けてくる。

冷静さを失っている浪人たちを面前にして、説得などできようはずがないと諦めているのだろう。面倒なことをせず、鉛玉を雨霰と撃ちこめばよいのだと、内心ではおもっているのかもしれない。

求馬は南雲のことばを反芻した。

——人は国の宝。浪人たちひとりひとりにも、御政道に尽くしたいという懸命なおもいがござりまする。

まことに、そのとおりだとおもう。

死を賭して吐いた南雲のことばだけに、千鈞の重みがある。

しかし、綱吉に浪人たちのおもいのたけを汲んでやる用意があるとしても、肝心の浪人たちに受けいれられねばはなしにならず、南雲のやったことはまったく意味をなさなくなる。

求馬は前触れとして、命懸けで説得に当たらねばならぬとおもった。事と次第によっては、南雲と同じことをやらねばならぬかもしれぬ。

「できるのか、おぬしに」

自問自答しながら、表門から外へ出た。

五百人からの浪人たちが、防の者たちに囲まれている。

上から命は下らずとも、すでに、鉄砲隊は筒先を持ちあげていた。

文字どおり、一触即発の様相を呈しているのだ。

咳払いひとつで、緊張の糸が切れるやもしれぬ。

それでも、求馬は勇気を奮いおこした。

南雲の死をおもえば、恐れることなど何ひとつない。

番士たちの人垣が左右に割れ、求馬は先頭に押しだされた。

ゆっくり歩みを進めると、浪人たちの中央からも、鎖鉢巻きの権田原が巨体を押しだしてくる。

「伊吹求馬か。この期に及んで何用じゃ。説得はされぬと告げたはずであろう」

「さっき、師が腹を切った。わしがこの手で介錯つかまつった」

「それがどうした」

「師は、おぬしらを救ってほしいと上様に訴えた。それだけではない。弱き者たちのおもいのたけを徳をもって汲みとることこそが仁政ではないかと、上様に諫言なされたのだ」

「綱吉公はどうされた」

「涙をお流しになった。盲目の元鬼役が命と引き換えに発した切実な願いを、お聞き届けになられた」

「盲目の元鬼役だと」

「南雲五郎左衛門と申す。上様から唯一無二の鬼役と評された剛毅（ごうき）なお方だ」

求馬は喋りながら感極まり、ぐっとことばに詰まる。

権田原は首をこきっと鳴らし、さらに近づいてきた。

後ろの連中は、固唾(かたず)を呑んで見守っている。

斬られるかもしれぬと、求馬は察した。

それならそれでよかろう。

権田原は歩みを止めた。

「師のおもいはわかった。それで、綱吉公はどうなさるおつもりじゃ」

「おぬしらさえよければ、直々におはなしになる」

「まことか」

「まことじゃ。上様のお心は、わしなんぞにはわからぬ。前触れを命じられ、そのことを伝えにまいっただけじゃ」

権田原が拒めば、求馬はこの場で腹を切るつもりだった。

決死の覚悟が伝わったのか、権田原は肩の力を抜いてみせる。

「わかった。おはなしを伺おう」

そうしたやりとりを、浪人たちも防の者たちも緊張の面持ちで聞いている。

防の者たちは浪人たちへの同情を隠しきれぬようで、もはや、敵対する者同士という印象は薄れていた。
もちろん、ひとたび命が下されれば、雑兵の気持ちなどは即座に消し飛ぶ。
筒口は一斉に火を吹くにちがいない。
表門が開き、番士の人垣が左右に割れた。
綱吉が普段着のまま、秋元但馬守を引きつれてあらわれる。
夕陽を全身に浴びたすがたは神々しく、おもわず、求馬は地べたに平伏した。
気づいてみれば、権田原を筆頭とする浪人たちも、ひとり残らず平伏している。
綱吉は秋元を残し、たったひとりで歩みを進めた。
そして、浪人たちの面前で立ち止まる。
「みなの者、苦しゅうない。面をあげよ」
「へへえ」
畏まった連中は、面をあげようともしない。
生まれてはじめて将軍の威光に触れ、萎縮してしまったのだ。
権田原でさえも、巨体が一気に縮んだかにみえる。
綱吉はくっと胸を張り、疳高い声を張りあげた。
「すまぬ、みなに辛いおもいをさせた。御囲は即刻、撤去させよう。おぬしらは各々の住まいに戻ってくれ。戻るさきのない者は、すぐに手当てをさせよう。わしも居るべき場所に戻り、仁政とは何かをじっくり考えてみねばなるまい。おぬしらのおかげで、目を開かせてもらった。目のみえぬ南雲五郎左衛門が、わしの頑な心を開いてくれたのやもしれぬ。さればな、はなしはそれだけじゃ」

綱吉はほっと溜息を漏らし、悠然と踵を返した。

求馬は平伏しながら、涙目でその背中を見送っている。

同じく平伏す浪人たちのあいだからは、噎び泣きが聞こえてきた。

やがて、それは大きなうねりとなり、防の番士たちも巻きこんでいく。

もはや、浪人に筒先を向ける者はいない。

夢でもみているのはないかと、求馬はおもった。

盲目の元鬼役が堰となり、徳川の崩壊を阻んでみせた。

大袈裟なはなしではなく、それほどのことをやってのけた。

南雲五郎左衛門こそが侍の鑑なのだと、求馬は叫びたかった。

十三

浪人たちは潮が引くように去り、千代田城の各門からも煙と消えた。

ばらばらの寄せ集めにみえて、しっかりと統率されていたことが功を奏したのかもしれない。ともあれ、大事にならずに済み、幕閣の重臣たちも市井の人々もほっと胸を撫でおろしたにちがいなかった。

綱吉の語ったことばは、瞬きのあいだに、浪人たちの隅々にまで広まったようだ。勘気（かんき）に触れれば癇癪（かんしゃく）玉を破裂させ、理不尽で過酷な沙汰も平気で下す。誰もが公方綱吉にそうした印象を抱いていた。ところが、面と向かってみればちがったのだ。

傷ついた浪人たちは、綱吉から優しいことばを掛けてもらいたかったのだろうと、求馬は理解した。

深川の御囲が撤去されるなか、室井を通じて秋元但馬守からの密命が下された。

——上臈御年寄、常磐を討て。

求馬たちが動いたのは三日後、二十三日の午後である。

この日、常磐は御台様代参に託けて寛永寺への参拝を済ませたあと、秘かに日本橋の室町(むろまち)へ移動し、大路から脇へ逸れた浮世小路の奥にある料理茶屋で会食をおこなっていた。

接待役は札差の武蔵屋幸右衛門、常磐に取り入ってしぶとく生き残ってきた阿漕な商人である。宴席には喜連川家小姓頭の石塔内膳も招かれていたが、荒之助のすがたはみつけられなかった。

「やはり、おらぬな」

物陰から囁きかけてくるのは、公人朝夕人の伝右衛門である。

札差に張りつき、秋元屋敷に待機していた求馬をここに導いてくれた。

「いったい、何の相談であろうな」

求馬の問いに、伝右衛門は不敵な笑みを浮かべる。

「常磐には壺金がある。金の力を使って、別の仕掛けでも考えておるのだろうよ。されど、今日でやつらの命運は尽きる。雁首を揃えて何を相談したところで、すべては無駄になる」

求馬はうなずき、周囲をきょろきょろみまわした。

常磐に張りついてきたはずの志乃と猿婆は、何処かへすがたをくらましている。

「ふふ、気になるのか。密命を果たすためなら、味方をも欺こうとする。それが、志乃さまのやり方さ」

裏を返せば、こちらを信用しておらぬということだ。

「志乃さまは、誰も信用せぬ。信じるのはおのれだけ。密命を果たすべき者とはそうしたものだと、わしも南雲さまに教わった」

「まことか、おぬしも南雲さまにご指南いただいたのか」

「毒味指南ではない。一度だけ、諭されたことがあった。土田家は幕初から徳川家に仕えておるが、それ以前は朝廷に仕え、帝(みかど)の僕(しもべ)であった。それゆえか、時折、綱吉公への忠心が揺らいでしまう。とな、正直に悩みを打ちあけたところ、密命を果たす者の心得をご教受いただいた」

「そうであったか」

「じつを申せば、おぬしが羨ましかった。南雲さまと、誰よりも長く触れることができる。そんなおぬしに、嫉妬(しっと)を抱いておったのかもしれぬ……それにしても、惜しいお方を失ったな」

しみじみと漏らす伝右衛門のことばが、傷ついた心に重くのしかかってくる。

求馬はいまだに、南雲の死を受けいれられずにいた。

この手で介錯したことでさえ、疑っているのだ。

「さて、そろりと宴席はお開きになろう。たとえ、上臈御年寄といえども、暮れ六つまでには平川御門へたどり着かねばならぬからな」

もちろん、平川門へたどり着かせるわけにはいかぬ。

誰にも気づかれずに密命を果たすには、道幅の狭いこの浮世小路で決着をつけねばならなかった。

「札差と小姓頭は逃しても、常磐さまだけは逃すわけにいかぬ。されど、容易ではないぞ」

「ああ、わかっておる」

常磐を乗せた闇駕籠には、侍女たちのほかに伊賀者が三人張りついている。

その三人を除かぬかぎり、事を成し遂げることはできない。

陽がかたむいてきた。

表口が騒がしくなり、闇駕籠が滑りこんでくる。

侍女や伊賀者たちが駕籠を囲むなか、御高祖頭巾をかぶった女性があらわれた。

遠目から所作を眺めただけでも、育ちの良さはすぐにわかる。

常盤にちがいない。

少し窶れた印象はあるものの、老いとは無縁の面相だった。

「されば、これにて」

「またの御目見得を心待ちにしております る」

小姓頭と札差に見送られ、常盤は駕籠の人となった。

網代を黒く塗りかためた闇駕籠は浮きあがり、ゆっくりと静かに動きだす。

「まいるぞ」

見世から充分に離れるまで待ち、求馬は物陰から躍りだした。

すぐさま、伊賀者が異変に気づく。

駕籠は止まらず、歩みを速めた。

「くせものめ」

伊賀者は刀を抜き、跳ねながら斬りつけてくる。

「いやっ」

求馬は擦れちがいざま、一刀で相手の脾腹を裂いた。

振りかえれば、伝右衛門が見世の表口へ迫っている。

見送りの連中は佇んだまま、口をぽかんと開けていた。

小姓頭と札差は、伝右衛門が始末してくれるにちがいない。
「任せたぞ」
求馬はつぶやき、駕籠尻を追いかけた。
存外に駕籠かきの逃げ足は速い。
しかも、伊賀者はまだふたり残っている。
ひとりが刀を抜き、正面に立ちふさがった。
求馬は低い姿勢で迫り、袈裟懸けを繰りだす。
――ばさっ。
ひとりが倒れた背後から、三人目が斬りつけてきた。
「死ねっ」
上段からの一撃だ。
――がつっ。
刃で受けると、火花が散った。
相手は離れず、鍔迫（つばぜ）り合いに持ちこまれる。
「くっ」
手間取っている隙に、駕籠は遠ざかっていった。

求馬は両肘をくねらせ、柄頭で相手の顎を砕いてやる。

三人は斥けたが、常磐に逃れる余地を与えてしまった。

「くそっ」

吐きすてた刹那、駕籠が歩みを止めた。

小路の出口に、ふたつの人影が立ちふさがっている。

夕陽を背にしているのは、志乃と猿婆にほかならない。

「おのれ、くせものめ」

大柄の侍女が短刀を抜き、だっと駆けだした。

志乃と猿婆も土を蹴り、猛然と駆けてくる。

「ひょっ」

猿婆が跳ねた。

侍女の突きだす短刀を避け、拳を顔面に叩きつける。

呆気なくも、侍女は倒れた。

猿婆はそのまま駆け、駕籠の脇へ向かう。

残りの侍女や駕籠かきどもは、恐れをなして逃げだした。

「ほりゃっ」

猿婆は裾を捲り、駕籠を蹴倒してみせる。

——どしゃっ。

濛々と巻きあがる塵芥の狭間に、御高祖頭巾がみえた。

必死に這い出てきた常磐の顔は、恐怖に引き攣っている。

倒れた駕籠の脇には、家宝の薙刀を手挟む志乃が立っていた。

「上臈御年寄、常磐じゃな。御命により、お命頂戴つかまつる」

「……ま、待て」

「いいや、待たぬ」

志乃は有無を言わせず、薙刀を頭上に掲げた。

そして、横薙ぎに薙いでみせる。

——ぶん。

刃音が悲鳴を掻き消し、常磐の首は宙に飛んだ。

求馬は荒い息を吐きながら、駕籠のそばへたどりつく。

志乃が薙刀の樋に溜まった血を切り、恐い顔で振りかえった。

「しかと見届けたか」

「しかと」

求馬が応じると、志乃と猿婆は小路から消えた。

「こっちも済んだぞ」

後ろから、伝右衛門が声を掛けてくる。

「さあ、まいろう」

促されても、求馬には密命を果たした実感がなかった。

十四

喜連川家の江戸家老、渋江弥太夫が切腹した。

室井のもとへ内々に告げてきたのは、次席家老の高梨刑部である。

長らく奥座敷に軟禁されていたが、二十三日の夜半に解きはなたれたらしかった。

渋江切腹の惨状を報せにきたのは、江戸家老にしたがわざるを得なかった側近たちであった。高梨が用部屋に駆けつけてみると、渋江の右腕はあらぬほうへねじ曲げられていたという。

みずから腹を切ったのではなく、何者かが強引にやったのだ。奥右筆の野島金吾と同じ殺され方だった。

もちろん、荒之助の仕業であろう。

求馬に右腕を断たれてから、何処かへすがたをくらましていたらしい。ところが、常磐が成敗された晩にひょっこりあらわれ、江戸家老の渋江を始末して、何処かへ去っていった。

「決着を付けるつもりであろう」

と、室井は言った。

「ゆめゆめ、油断いたすでないぞ」

実母を失った恨みを晴らすべく、荒之助はかならずあらわれるはずだと、求馬もおもった。喜連川家の殿さまたちを戻すわけにはいかぬだろうし、秋元屋敷の防備も強化しなければなるまい。

翌晩遅く、練塀小路の組屋敷に訪ねてくる者があった。

誰かとおもえば、黒部又七である。

あいかわらず、酒臭い息を吐いていたが、表情は硬かった。

「夜分にすまぬ。ちと、はなしを聞いてくれ」

黒部は独自に荒之助の行方を追っていたのだという。

喜連川家でそのすがたを何度か見掛け、屋敷を離れたあとに身を隠した荒れ寺もみつけていた。

「中之郷の荒れ寺だ。されど、もうそこにはおらぬ。何らかの決意を固め、引き払ったにちがいない」

「決意とは何だ」

「それをはなすまえに、聞きたいことがある。大奥のお方はどうなった。もしや、死んだのか」

求馬がうなずくと、黒部はほっと溜息を吐いた。

「やはりな。昨夜、あやつの慟哭を聞いたのだ」

慟哭は夜更けまでつづき、明け方にようやく静まった。ほんの少しだけ黒部が居眠りしていた隙に、荒之助は消えてしまったのだという。

「秋元但馬守さまの御屋敷で、綱吉公が浪人たちの騒ぎを鎮めたと聞いた。おぬしもそこにおったなら、容易に想像はつくであろう。荒之助は母と計らい、江戸の町を擾乱させようとした。ところが、志なかばで頓挫の憂き目に遭い、おまけに母まで失ってしまった。荒之助はおそらく、一矢報いようとしておるのだ。できれば綱吉公を、それがかなわねば、老中の秋元但馬守を葬る肚にちがいない」

「されど、どうやって」

浪人たちに迫られた一件以来、秋元但馬守の防は強固になっている。

「わしなら、屋敷は諦め、駕籠を襲う」

「登城の駕籠か、それとも下城の駕籠か」

「登城の駆け駕籠だ」

なるほど、防の数ならば登城時のほうが遥かに少ない。

「明日だな」

襲うとすれば朝の四つ（午前十時）、隣人の常田松之進が登城の太鼓を叩く頃だ。

場所は西御丸下の大路、大手御門にいたるまでのあいだと、黒部はきっぱり言いきった。

「いったい、おぬしはどうする気だ」

「言うたであろう、荒之助はこの手で葬ると」

「まんがいちのときはどうする。糸どのを悲しませることになるぞ」

「案ずるにはおよばぬ。糸には三行半（みくだりはん）を書いてきた」

「何だと」

「わしとて侍の端くれ、最期くらいは華々しく散りたい。迷惑かもしれぬが、おぬしには見届人になってほしいのだ」

真顔で懇願され、求馬は胸の裡で舌打ちした。

死にたがっている男の手伝いをさせられるほど、お人好(ひとよ)しではない。

されど、放っておいても明日はやってくる。黒部の言うとおり、荒之助は老中の駆け駕籠を襲うにちがいない。

「左手一本でも、あやつはやってのけよう。荒之助の息の根を止めるには、臍下丹田を貫くしかない」

黒部は去った。

求馬は誰にも相談せず、荒之助を成敗しようとおもった。それで一連の禍事に終止符を打てるのだとしたら、南雲五郎左衛門へのはなむけになるかもしれぬ。

一睡もできずに朝を迎え、求馬は国光を提げて庭に出るや、もろ肌脱ぎになった。黒鞘から本身を抜き、腰をぐっと落とし、両肘をおもいきり張って上段に構える。

鹿島新當流、引(いん)の構えと称される八相の構えだ。

「や、えい」

鍔の位置をこめかみより高く保ち、両腕を伸ばしてぶん回す。

「は」

さらに、本身を脇に引いて車に構え、ぐんと片足を踏みだして、正面を突く。

「と」

奈良のむかし、常陸国から防人に徴集された者は、鹿島神社の神官から武技を授けられたという。

それゆえ、同流を修めた求馬の動きは禊祓いの所作を彷彿とさせた。

「や、えい、は、と」

独特の気合いを発し、左右に身を転じながら、袈裟斬りと逆袈裟斬りを繰りかえす。

上段の霞に構えて受けながし、止まることなく一拍子で、正面のみえぬ敵を斬った。

すぐさま、汗が顎から滴り落ちてくる。

切っ先の高い青眼の構えで狙うのは、荒之助の臍下丹田にほかならない。

「身は深く与え、太刀は浅く残して、心はいつも懸かりにてあり」

口ずさむのは、同流の剣理である。

「やっ」

死中に活を求める突きならば、奥義は「遠山（えんざん）」ということになろう。

求馬は雑念を振り払うべく、へとへとになるまで真剣を振りつづけた。

十五

——どん、どん、どん。

常田松之進の叩く太鼓が、登城の刻を告げている。

求馬は御濠を背にし、大路を睨んでいた。

秋元但馬守を乗せた老中駕籠は、まだあらわれていない。

荒之助ばかりか、妻女に三行半を渡したという黒部又七のすがたもなかった。

濠端や大路には、登城する小役人たちと物売りがちらほら行き交っているだけだ。小役人たちは道端に佇む求馬を追いこし、後ろの大手御門へ吸いこまれていった。

「荒之助は手負いの獅子（しし）かもしれぬ」

黒部の言ったとおり、この機を逃さずにやって来るはずだ。

しかし、時が経つにつれて、不安のほうが強くなっていった。
「来ぬのか」
と、求馬が吐きすてたときである。
大路の向こうに、土煙が舞いあがった。
老中の駆け駕籠だ。
供侍の数や配置から推せば、秋元但馬守の駕籠だとわかる。
こめかみが激しく脈打ちはじめた。
駆け駕籠は日常の風景だが、まともにみるのは初めてかもしれない。
小役人や物売りたちは道端に身を寄せ、ほとんどの者が正座した。
老中を乗せた駆け駕籠は、平伏して見送るべしとのお触れもある。
誰もがお触れをきちんと守り、地べたに両手をつこうとしていた。
「あっ」
物売りのひとりが飛びだしてくる。
隻腕（せきわん）の大男であった。
「荒之助か」
求馬も駆けだした。

だが、駕籠まではかなり遠い。

一方、秋元を乗せた駕籠は疾風のごとく駆け、大男の伸ばした左手の一間ほどさきを通過した。

「狼藉者め」

何人かの供侍が残り、白刃を抜きはなつ。

「ぬおっ」

大男も白刃を抜いた。

四尺の剛刀である。

もはや、荒之助であることは疑いもなかろう。

「ぬぎゃっ」

凄まじい悲鳴が響いた。

荒之助は大車輪のごとく駆け、供侍をつぎつぎに斬っていく。

求馬も駆けているので、駕籠はみるみるうちに大きくなった。

追いすがる荒之助は、返り血を浴びて血達磨と化している。

しかも、颶風となって駆け、駕籠尻に追いついた。

「ぎひぇっ」

後棒のひとりが、腰を斬られた。

つぎの瞬間、駕籠が平衡を失う。

――どしゃっ。

横倒しになり、秋元が隙間から転げおちてきた。

室井らしき老臣が駆け寄り、さっと背に庇う。

「室井さま」

求馬は叫びながら駆けつづけた。

が、なかなか、たどり着けない。

焦りが足を縺れさせ、何度も転びかけた。

するとそこへ、横合いから鎖鉢巻きの侍が駆け寄せてくる。

黒部であった。

「おぬしの相手はこっちじゃ」

荒之助は立ち止まり、ぐいっと声のほうに顔を向ける。

「成仏せい」

黒部は白刃を抜き、頭から突っこんでいった。

「ぐわっ」

荒之助は左手一本で剛刀を掲げ、大上段から振りおろす。
――きいん。
黒部は恐れをなしたのか、突きに徹することができなかった。
荒之助の一撃を弾いた瞬間、刀がまっぷたつに折れてしまう。
「ぬえっ」
求馬はこのとき、横倒しになった駕籠のそばまで近づいていた。
目に映ったのは、信じがたい光景だ。
荒之助は白刃を口に咥え、左手で黒部の喉首を鷲摑みにしている。
「……ぬ、ぬぐ」
宙に浮いた黒部は手足をばたつかせ、すぐさま、ぐったりした。
息を詰まらせたのだ。顔は土気色に変わっていた。
どさっと、地べたに抛られる。
藁人形も同然の黒部を、荒之助は足の裏で踏みつぶした。
「殿を守れ、お守りせよ」
威厳をもって命じる室井は、杖術の免状持ちでもある。
だが、荒之助のまえでは、無力な老い侍にしかみえない。

「世の中はちろりに過ぐる、ちろりちろり……」

荒之助の口から、怪しげな謡が漏れてくる。

額には「犬」の朱文字が、くっきりと浮かんでいた。

「化け物め、おぬしは何者じゃ」

秋元の問いに、化け物は呵々と嗤った。

「ふはは、わからぬのか。わしは吉良上野介義央じゃ。今こそ、恨みを晴らしにまいった……何せうぞくすんで、一期は夢よただ狂へ」

猛然と剛刀を振りあげるや、供侍らの動きが止まる。

動こうとしても、からだが動かない。秋元や室井さえも、金縛りに掛かったかのようだった。

求馬は懐中に手を入れ、鉄火箸を取りだす。

南雲に託された形見でもあった。

「ぬん」

鋭利な先端を腿に刺せば、痛みでかっと眸子が開く。

殺気を帯びて身構えると、荒之助が太い首を捻った。

求馬は三白眼に睨みつけ、必勝の呪文を唱える。

「死中に活を求むべし。やっ」

土を蹴り、陣風となった。

一片の迷いもなく、身ごと突っこむ。

刹那、断末魔の悲鳴があがった。

「ぬわああ」

手から離れた国光は、臍下丹田を貫いている。

荒之助のからだは、嘘のように縮んでいった。

空気が抜けたように倒れ、地べたに仰臥してしまう。

恐る恐る近づいてみると、すでに、こときれているようだった。

「死におったか」

かたわらの室井が吐きすてた。

「まるで、別人ではないか」

たしかに、そうだ。額の朱文字も消えている。

荒之助と呼ぶには適さぬ柔和（にゅうわ）な死に顔なのだ。

「吉良どのも、これでようやく成仏できたやもしれぬ」

つぶやいたのは、秋元但馬守であった。

駕籠には乗らず、大手御門へ歩いていく。

足取りは重そうで、後ろ姿は淋しげだった。

「ご苦労だったな」

室井は労いのことばを残し、秋元の背中を追いかける。

「南無……」

求馬は念仏を唱え、荒之助の臍下から国光を引き抜いた。

十六

翌日。

文月終わりの夕焼けは嵐の前触れと、巷間では謂われている。

求馬はしばし迷ったすえ、夕方になって組屋敷を出た。

敢えなく死を遂げた黒部又七の最期を知らせるべく、神田佐久間町の棟割長屋へ足を向けたのだ。

大路を避けて露地をたどり、朽ちかけた木戸口までたどりついた。

どぶ板の向こうからは、洟垂れどもの歓声が聞こえてくる。

木戸を潜りかけて止め、くるっと背を向けた。

婢ぁがひとりあらわれ、じろじろ眺めていく。

「やはり、余計なことかもしれぬ」

黒部は覚悟を決め、三行半を書いて渡したのだ。

それに、糸がまだ長屋に住んでいるとはかぎらぬではないか。

木戸から遠ざかり、ふと、足を止めた。

道端に置かれた鉢植えに、八重咲きの芙蓉が咲いている。

「それは、酔芙蓉にござります」

後ろから、謡うような女の声がした。

振り向けば、糸がにっこり笑っている。

たじろいだが、顔に出さぬように耐えた。

「朝に咲いた白い花が、ほら、あのとおり、夕には紅くなります」

「不思議な花よな」

「まるで、あのお方のようです」

「黒部どののことか」

「ええ、いつも酔うておりました。優しいときもあれば、恐いときもあり、くるくると気持ちが変わって、どうにも捉えどころのないひとでした。けれども、こんなわたしを選んでくれた。感謝しております」

「ずいぶん、寂しげな物言いだな」

「夫から離縁状を頂戴しました。『今までずいぶん苦労を掛けたが、おまえはまだ若い。新しい人生を歩むには、これが必要だろう』と仰って」

「それで、糸どのはよいのか」

「良いも悪いも、わたしにはどうすることもできませぬ。帰りたくても帰れぬし、帰ってよいものかどうかもわからない。でも、とりあえずは荷物をまとめて、ここから出ていこうかと」

「戻るおつもりは」

「今はありませぬ。涙といっしょに、未練も捨ててまいりました」

そう言いながらも、糸は眸子を潤ませる。

「伊吹さま。ご迷惑でなかったら、時折、夫のもとを訪ねてあげてくださいまし。まことは寂しがり屋なので、伊吹さまにお訪ねいただければ、きっと喜ぶとおもいます」

「かしこまった」

「それでは」

糸は深々と頭をさげ、辻向こうへ遠ざかっていく。

求馬には呼びとめる勇気がなかった。

「立派な最期にござりましたぞ」

そっとつぶやき、消えゆく後ろ姿にお辞儀をする。

練塀小路へ戻る気にならず、下谷広小路から不忍池に向かった。

日没が近づくと水面は紅蓮(ぐれん)に燃えあがり、弁天島から水鳥が飛びたっていく。

蓮の花は疾うに散ったので、行き交う小舟の影もない。

ふと、池畔に目をやれば、十に満たぬ童女が草花を摘んでいる。

何の気なしに近づいて、はっとした。

童女が束ねて握るのは、千振にほかならない。

「もし、そこで何をしておる」

いきなり声を掛けても、童女は驚かなかった。

「胃の腑の痛みが治る薬草を摘んでおりまする」

それがどうしたという顔で、こちらを睨みつけるのだ。

「薬草の名を存じておるのか」

「ええ、千振にござりましょう」

求馬の問いに、小さな薬師然と応じてみせる。

「千回煎じて振りだしても苦味が消えぬ。それゆえ、千振と申すのですよ」

賢しげな口調が可愛らしい。

求馬は問わずにはいられなかった。

「それをいったい、誰に教わったのだ」

「目のみえないお侍さまに、摘んでほしいと頼まれたのです。何でも、腹を壊した教え子の薬にしたいのだとか。束にまとめてお渡ししたら、お駄賃の替わりにこれを」

そう言って、童女は黒い丸薬を掌に載せてくれる。

「とんでもなく苦い代物ゆえ、子どもが嘗めてはならぬと、そのお侍さまは笑われました」

「さようか」

「でも、今日はおみえになりませぬ。摘んだ千振をどういたそうか、さきほどから思案しておりました」

「わしが頂戴しよう」

「そのお方のことは、よく存じておる。これからは、わしがそのお方の代わりに、おぬしのもとへまいろう。どうであろうか、嫌か」

求馬はにっこり笑い、童女の小さな手に小銭を握らせる。

「かまいませぬよ」

童女は千振の束を手渡すと、背を向けて走り去った。

求馬は丸薬を口に抛り、苦い唾が溜まるまで咀嚼（そしゃく）する。

「ふふ、その苦味こそが御役目の味。忘れてはなるまいぞ」

唯一無二と評された鬼役の笑い声が、耳に聞こえてきた。

けっして、忘れてはなるまい。南雲五郎左衛門の生き様を忘れてはなるまいと、求馬は胸につぶやいた。

地図参考資料

『図解　江戸城をよむ』（原書房）

光文社文庫

文庫書下ろし／長編時代小説

師匠（ししょう） 鬼役伝（おにやくでん）(二)

著者 坂岡（さかおか） 真（しん）

2021年12月20日 初版1刷発行

発行者 鈴木広和
印刷 萩原印刷
製本 ナショナル製本

発行所 株式会社 光文社
〒112-8011 東京都文京区音羽1-16-6
電話 (03)5395-8149 編集部
8116 書籍販売部
8125 業務部

落丁本・乱丁本は業務部にご連絡くだされば、お取替えいたします。
ISBN978-4-334-79290-9 Printed in Japan

組版 萩原印刷